「森林裡有兩條路，我選了人跡較少的那一條，人生從此不同！」

——美國詩人羅拔・佛羅斯特（Robert Frost）

糊糊塗塗過人生

——沿路遇上的笨小孩、背包客，還有智慧老人……

魏綺珊 著

推薦序
療癒人生的補習課

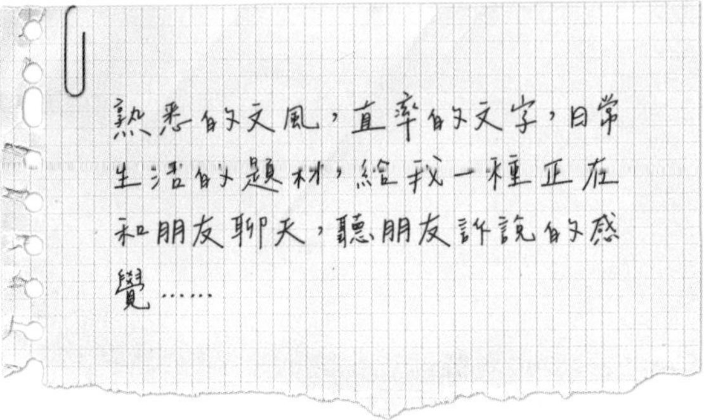
熟悉的文風，直率的文字，日常生活的題材，給我一種正在和朋友聊天，聽朋友訴說的感覺……

知道綺珊有三十二年，那時她是電視台新聞主播，香港人都知道她；認識綺珊有十二年，那次我擔任某閱讀講座的講者，她是主持人；結交綺珊有六年，那天我看著她醉倒在一家清酒吧的吧檯上。

是的，我這個人對朋友有一個不很正確的定義，就是有沒有一起喝醉過。

因為有一段時間大家都在同一份報紙的同一版寫專欄，所以之前也看過綺珊的一些文章。文風爽快直率，感情真摯，喜怒形於字，和她的真實性格很像，大概這就是文如其人吧。

和以前不一樣的是，這一次我是從頭到尾把書中的每一篇文章都順序且仔細地拜讀了，因此又多了一重看日記的感覺。熟悉的文風，直率的文字，日常生活的題材，給我一種正在和朋友聊天，聽朋友訴說的感覺。而這個朋友，偏偏又和我有太多的同好，比如閱讀、寫作、行山、跑步、旅遊、戲劇、飲食，甚至是免費幫人補習，她做得比我還早。所以讀來實在有太多共鳴。

綺珊在書中也分享了不少她的人生觀和生活哲學，沒有長篇闊論高深艱澀，只是簡單明瞭的順口道來，卻能讓近來在工作、家庭和感情都不甚舒順的我，少了幾分糾結，多了幾分釋懷。想來這也是綺珊著文出書的良苦用心之一，因為在她的序文最後一段，她這樣說：

「假如你人生遇上瓶頸，站在十字路口躊躇不決，就姑且暫時放下煩惱，希望書中的文字會為你帶來丁點兒的療癒感。」

我想補充的是，其實，並不止是丁點兒！

陳紅
「陳校長免費補習天地」創辦人
香港知名教育家、兒童文學作家

推薦序
這個世界需要陽光

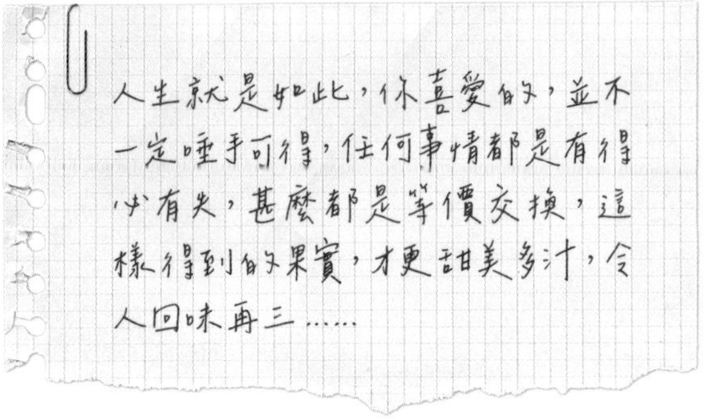
人生就是如此，你喜愛的，並不一定唾手可得，任何事情都是有得必有失，甚麼都是等價交換，這樣得到的果實，才更甜美多汁，令人回味再三……

作為丈夫，太太寫新書，我是義不容辭去幫忙的，但卻要我幫忙寫序，則令我有點尷尬，要賣花讚花香，好像有點彆扭，要是不稱讚兩句，又好像說不過去，這個邀請，教我如何是好！

太太寫的文字，我是從頭到尾都有看過，可以說是第一位讀者，也是第一位校對人，檢查有沒有打錯字，又或是以讀者角度讀一次，看看是否完全明白了解文字內容想表達的意思。

我不是一個隨便把讚賞說話宣之於口的人，要推介她的文章就更加感到怪怪的，不過她很會把細微的事情描述出來，亦能把自己的感覺與人分享，這也是事實。

與她緊密相處那麼多年，既是夫妻，又是工作拍檔，同時也是玩伴，興趣相近，價值觀也類同，長時期二十四小時相處，可以說多年來不離不棄，牽手同行。

距離我們一起創作的小說《靚太作死》已經是十多年前的事，那次是每人一篇的接龍創作，事前不經討論，接過對方的文章就即興寫同一件事情的另外一面，探討男女想法的不同。今次她獨自出書，我是寫序的其中一人，也算是與她同行了。

從性格方面入手，去理解她，可能有助讀者更深入了解作者的意圖，就讓我寫寫對珊的一些觀察吧。

早幾年劇團退修會，有一個體能比賽，我與她兩個人一組，其餘六個同事一組，我們總監組一男一女，同事組三男三女，這是一個不平等但好玩的比賽，輸了要請吃飯。其中一項是sit up，所有隊員加起來最多下數的一組就勝出，先由同事組成員開始，六個人加起來的總成績也不是說笑的多，接下來是珊開始做，她見到同事組的成績自然是不敢怠慢，出盡十二成功力，她的成績是我從來未見過的多，為了減輕我的壓力，她超越了自己。晚上發現，她的股肌磨損了，有近兩厘米直徑大小的傷口，表皮被磨掉，我當然心痛，同時也感受到她的愛，以及做事的認真與投入。

小事一樁，她就會開心半天，例如她看見樹木的美態就感到快樂，亦會多謝路邊的小花開得如斯燦爛。

為了開設我們的YouTube Channel，她不懂剪片，卻在網上自學。

珊同時可以處理好幾樣事情，辦事效率奇高，很多時去旅行，她忙的時候會叫我找酒店，但一轉眼，她已搜尋了幾間給我挑選。不過她數學真的很差，比我差很多，但我的數學會考成績只有E等級，而她卻有C。

戲劇排練中，珊很願意作冒險嘗試，翻筋斗、騎膊馬、高台平躺墜下，讓別人在地面接住等

珊剛二人幫 Jo and Rensen 魏綺珊 陳文剛 Youtube Channel
https://www.youtube.com/@JOandRENSEN

等高難度及高危動作，都能一一完成，但她並不喜愛玩過山車或海盜船。

愛早睡早起的她不能捱夜，要睡足八小時，睡眠不足會讓她發脾氣。她甚麼東西都吃，卻不會吃過量，有益的吃太多也是不好，沒營養的間中吃吃也無妨，平衡最重要。同時堅持做足夠運動，保持良好體格，身心健康。

珊很容易杞人憂天，把事情愈想愈壞，變成壓力增加，打亂自己步伐，但只要有適當開導，她很快就能重回正軌。

她熱愛戶外活動，卻也很能吸引蚊蟲叮咬，皮膚反應其大，特別紅腫，算是一種宿命吧！人生就是如此，你喜愛的，並不一定唾手可得，任何事情都是有得必有失，甚麼都是等價交換，這樣得到的果實，才更甜美多汁，令人回味再三，仍有餘香。

正如這本書，如你願意花點時間讀上幾篇，總會有些暖意油然而生，點亮前路，活得更好。

陳文剛

香港「糊塗戲班」藝術總監

作者序

生活糊塗又何妨

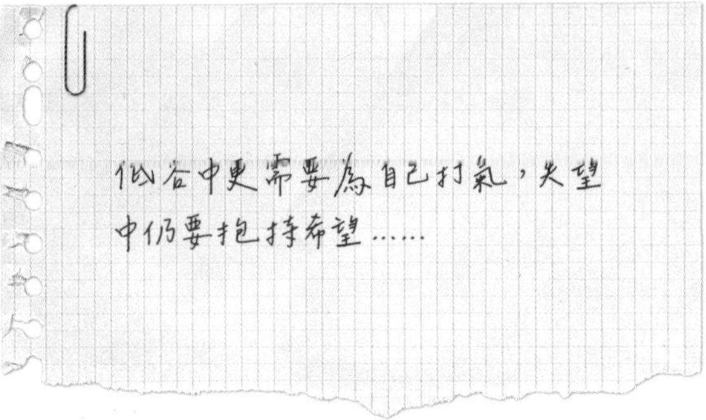
低谷中更需要為自己打氣，失望中仍要抱持希望……

從小很喜歡中文字，除了愛閱讀，年少時，閒來無事會在報紙上的空位抄新聞練字，上中文歷史課抄老師筆記既快且整齊，曾經練得一手好字，可惜電腦時代少執筆，手字大幅退步。

多年來慶幸有不同園地包括《am730》、《晴報》、《Now TV》及《明報》，讓我發表文章，分享生活微細點滴以及所思所想，很希望透過文字傳遞一丁點正能量，讓讀者看罷心靈得到些少慰藉。

不過，近幾年世界很混亂，一切突變，生活方式也改變不少，感到自己實在渺小得可憐，多了一份無力感，很多事情很難如願，計劃打亂，不時提醒自己，低谷中更需要為自己打氣，失望中仍要抱持希望。

有幸得到出版社「格子盒作室」的垂青，鼓勵我將過去文章集結成書。一向很欣賞格子盒的作品，編排亦很有心思，書本捧在手特別令人喜愛。我為這本書寫了一些新文章，也將曾經在報章刊登的專欄文字，經重新整理及修改收錄於書裡。

藉機檢視自己，有很多缺點，包括多慮及懦弱，有時候凡事也會想到最壞，先把自己嚇死。在人生下半場回首，曾經遇過沮喪的挫折，以為自己從此玩完，但沿途也有不少貴人相助，日子總算過得多姿多采。雖然我有悲觀的底蘊，但不愉快的事情很少是印象深刻，倒是快樂時光往往都回味難忘。

我們在送上生日或新年祝福時，總是希望對方生活愉快，但沒有痛苦經歷就不能彰顯快樂的甜味。

假如你人生遇上瓶頸，站在十字路口躊躇不決，就姑且暫時放下煩惱，希望書中的文字會為你帶來丁點兒的療癒感。

魏綺珊（Jo Ngai）

目錄

推薦序——療癒人生的補習課／陳葒校長 006
推薦序——這個世界需要陽光／陳文剛 008
作者序——生活糊塗又何妨／魏綺珊 012

I 糊塗小孩

六年讀六間小學 020
小學老師 022
中學老師 024
成績表上的紅字 026
地獄式自修 028
To be or not to be 032
讀書時的傻氣 034
最堪回味的好日子 036

II 閱讀這件事

袋中一本書 040
書本的溫度 042
讀書的小確幸 044
愛惜書本自有因 046
參透為何，承受任何 048
如果有一個快樂機器 052
李白的通天之路 054
讀歷史長智慧之一．少年王守仁 058
讀歷史長智慧之二．聖賢的頓悟與心學 060
讀歷史長智慧之三．流氓鬥書生 062
讀歷史長智慧之四．知行合一 064

III 活著的模樣

寫日記變得快樂……068
失去的校園……070
無用所以有用……072
回歸最基本……074
夢想與金錢……076
何謂「幸福」……078
錢太多……080
香蕉是一片片……082
計劃不計劃……084
萬般帶不走……086
口吃的才能……088
人生加減法……092
家中小盆栽……094
紅花小石……096

IV 生活之態度

堅持活出真我……100
無論如何……102
要戒掉的口頭禪……104
假如人生可以重來……106
粗糙但彩色……108
擠顏料……110
暴風雨後總有晴天……112
左思右想得太多……114
放空讓腦袋輕鬆……116
下雨忘記關窗……118
矛盾取向法……120
暴風雨中找安寧……122
三個願望遠離煩惱……124
聚散……126
極簡主義……128

V 跌碰著上路

黑膠唱片廠的倒閉危機 …… 132
可能只差一小步 …… 134
不可能的創舉 …… 136
痛苦中發現潛能 …… 138
美麗360 …… 140
夕陽的讚禮 …… 144
生活要多彎 …… 148

VI 瀟灑走一回

人生很多第一次 …… 152
世界很大 …… 154
旅行支票的年代 …… 156
風起雲湧 …… 158
最精彩的永遠在後頭 …… 160
找個人和你跑馬拉松 …… 164
靠自己完成的滿足感 …… 168

VII 老是快樂人

花甲背包客……172
享受人生無限期……174
哪怕近黃昏……176
白內障、煮飯與打麻將……178
帶父母去旅行……180
人生本無常……182
也無風雨也無晴……184
老得有智慧……186
快樂的15個習慣……188
活得精彩……190
生命無常還等甚麼？……192

VIII 舞台悟人生

做人永遠唔好講「無可能」……196
遙不可及的夢想……198
嗌贏又如何？……200
挑戰極限……204
生命中的意想不到……206
自製布口罩……208

跋——人生就像在拍電影……212

I. 糊塗笨小孩

六年讀六間小學

那次讓我體會「走捷徑」是行不通的，又或者我還是太笨，不懂如何「走精面」……

我在廣華醫院出世。唸過六間小學，一年轉一次學校，是因為我小時候太頑皮年年都被趕出校嗎？不是，我從小都是聽話學生，不敢犯校規，最壞的一次是考試出貓，將答案寫在桌上，但沒有被抓。

記得有一次罰抄，是甚麼原因已想不起，老師要我們將一句記不起的字句罰寫一百次，我將兩枝筆縛在一起，冀望寫五十次就能達標，最後過不了關，要從頭再寫一次。那次讓我體會「走捷徑」是行不通的，又或者我還是太笨，不懂如何「走精面」。

到底為甚麼要每年轉校？原因就是經常搬家，搬家自然要找一間在家附近的小學；那到底為甚麼每年都搬家？笑問爸媽是因為要逃避債主嗎？父母總說記不起。到現在對我來說，還是一個謎。

腦中有很多畫面，經常在陌生的教員室考試，又或者看到校長跟媽媽對話，然後那一年就要造新校服，進新的學校唸書。我甚至忘記了大部分唸過的小學學校名字，記得的只有其中兩間，一間還在，有時乘地鐵經過牛頭角還能見到那座校舍，另一間則已經被拆掉。

經常轉校對我最大的影響，是沒有一起同行長大的小朋友，但好處是訓練我不怕陌生環境，可能這經歷也訓練我有強大的適應能力，不害怕面對改變，甚至喜歡改變。

小學時候我的成績應該也不過不失，但英文特別差勁，最怕是唸默甚至背默，我覺得簡直是酷刑，每每都讓我不想上學。

到了六年級，不知道為甚麼會被班主任挑中，跟隨她學習中國舞，後來更在學校內表演。還記得照片上，幾個表演的同學當中，我的個子是最小，雙手揮動紅色的短短絹布，雙腳離地躍動，笑容非常燦爛。

到現在我還很感激老師當年的教導，讓我愛上跳舞，身體鬆鬆的筋骨也從那時開始訓練，這位老師對我的影響非常深。

當時幼小的我，覺得這位老師非常漂亮，也從不發脾氣，不懲罰學生。

小學老師

每個人的生命中總有深受其影響的老師……

前文提到的那位小學老師，也曾是我的班主任，她在課餘時挑選了包括我在內的幾位同學，跟隨她學習中國舞，最後還為我們排了一支舞蹈在學校內演出。後來，在小學畢業典禮上，我又被選上成為學生的代表上台演講，向老師及學校致謝辭。

那份講稿內容，當然是由老師撰寫，已經不記得為甚麼會選我，也記不起當時在台上到底有沒有害怕，只記得這兩次，是人生首兩度站在台上的經驗。

小時候覺得這位老師，非常漂亮，溫文爾雅，中文字寫得特別秀麗，畢業時她給我寫的紀念冊上，用我的名字，寫了首詩，可恨紀念冊不知塞到哪裡，憑記憶四句我只記得首三句——

綺麗風光當把握，
美景一去最易忘，
珊珊玉聲賦麗聲……

還記得有一次放學後，我在學校附近一間粥店，點了一碗愛吃的紅豆沙配上炒麵，吃罷後卻發現身上竟然沒有帶錢，嚇得要死，正當不知如何是好的時候，這位班主任突然出現，我跟她說自己沒有帶錢，她便為我解圍，否則我好可能會淚灑當場。

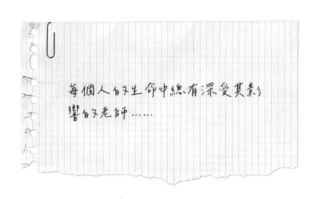

畢業後曾經返過學校一次，很記得老師在走廊上，比劃我當年的高度還不到她的肩膀，再見面時，我已經比她高。後來多年沒有再跟這位班主任聯絡。

到我成為記者，有一年，在維多利亞公園採訪《城市論壇》[1]，突然有一位男士走過來，向我說出班主任的名字，問我還記不記得，我怎會忘掉呢？

男士叫我跟隨他步向一架停在路邊的車，班主任就在車上，那一刻十分興奮，她的容貌沒變，只是有點兒憔悴，交換聯絡後，往後間中會見面。老師近年移居英國，早前採訪，很開心見到老師享受新生活，非常適應。

每個人的生命中總有深受其影響的老師，除了這位小學老師，中學另一位班主任也影響了我的人生選擇。

1 香港電台電視部曾製作的一個長壽直播時事論壇節目，於一九八〇年四月十三日啟播，最後一集於二〇二一年七月十八日播出。

中學老師

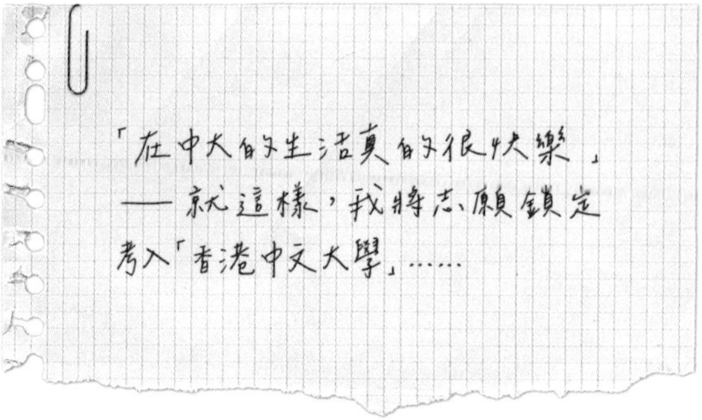

每個人一生中，總會遇到恩師，又或者其言行對你影響至深。中學時期，一位班主任的一句說話，改變了我的人生。

由中文小學升到英文中學，本來英文已經不好的我，更加災難。不止上英文科時聽不懂，連帶甚麼西史、科學、地理，完全不知在搞甚麼鬼。讀了一年初中，科學只記得 Bunsen burner，西史只記得 Egyptian civilisation，讀得非常吃力。

題外話，雖然英文如此不濟，但小學六年級時，我曾幫忙另一個同學補習英文，她從內地來港，跟我住在同一個安置區，英文比我更差，海軍鬥水兵，我勉強相對好一點，於是經常放學後到同學的家門口，開一張又矮又小的枱，蹲在路邊替人補習，同學則請我吃食物作回報。

說回中學時期，算不上很享受讀書，除了中文科，其他科目對我來說都是沉悶。那個時候，會自己去唸唐宋詩詞，更會在上課時，把瓊瑤及三毛的小說，偷偷放在大腿上閱讀。

到了中四時，開始對地理及生物科感興趣。不過由於成績不太標青，家中經濟環境又不好，便一心計劃中五畢業就出來謀生賺錢，當時的理想職業是空中服務員，因為很嚮往飛往其他國家旅遊。

標。

教導生物科的正正就是班主任，在實驗室內的其中一課，一句說話，就徹底改變了我的日

那年是中五，在課堂上，她跟我們分享在中文大學的生活，其中說了一句：

「在中大的生活真的很快樂。」

就這樣，我將志願鎖定考入「香港中文大學」。

到了中五才急起直追學業，務求能夠考上大學，可是以我當刻成績，肯定是沒可能……

成績表上的紅字

如果當年跟自己說，沒可能考數學科合格，我應該就會直接放棄……

打從中一開始，我的數學科從來都不合格，要考上大學，首要是在中學會考，中、英、數三科都必須合格，才能躋進中六的學位。

我在校內數學科一直「肥佬」，要在會考獲取合格，對我來說是不可能的任務。

此時，上天派了兩位天使給我——先是在新一班重新編配座位，鄰座是一位成績非常好的女同學，每逢數學堂，她在我書本上示範每條數學題的解答方法，如行雲流水般讓我看傻了眼，我突然好像得到一本《九陰真經》，打通任督二脈。

第二個天使是一位俊俏的男同學，他是留班生，但數學很好，經常幫我補習數學，看來是我小六時替別人補英文的善果。

那一年，就像日本人在額頭縛上「奮鬥」、「加油」的布條，我天天放學後便進自修室溫書，心無旁騖，目標清晰，就這樣雙管齊下。

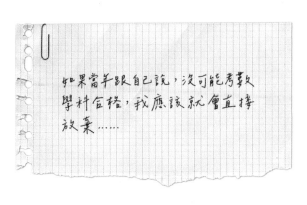

你猜我會考數學科最終得到甚麼成績？

我只求一個「E」；打開成績單，居然是個「C」！我簡直要昏倒！那刻的興奮及難以置信心情，歷歷在目。

最後中學會考的成績一科「A」也沒有，但整體還是不過不失有「3B4C」，至少拿到原校升讀中六的入場券。

人生真的很奇怪，如果當年跟自己說，沒可能考得數學科合格，我應該就會直接放棄，那你便有可能在飛機航班上遇到我這位空中服務員。

我不是說做空中服務員不好，只是一念之間就讓我轉了跑道。

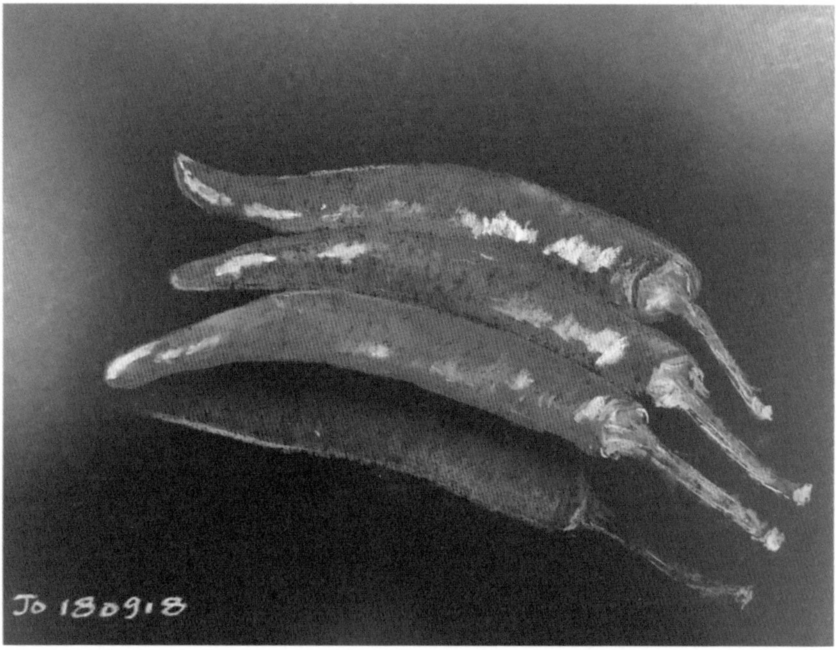

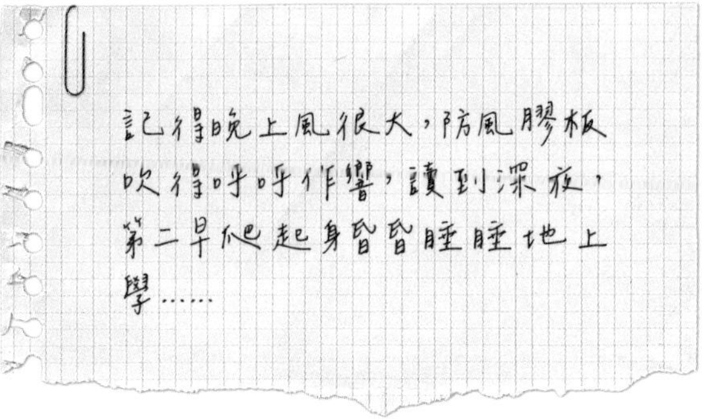
記得晚上風很大，防風膠板
吹得呼呼作響，讀到深夜，
第二早爬起身昏昏睡睡地上
學……

地獄式自修

中學學制及大學入學試制度不斷地變，在八十年代，中六分為兩年制的「Advanced Level」及一年制的「Higher Level」，簡稱「A Level」及「High Level」，單看字面，都了解A Level是勁一點吧。當年全港只有兩間大學——香港大學及香港中文大學。要考港大，必須要循A Level，讀High Level則只能考中大。

當年原本就讀的中學是A Level制，由於矢志要考入中大，於是我拿著成績表去其他不錯的High Level中學叩門，結果碰了一鼻子灰。還記得有間學校的老師說：「你此等成績以插班生來說根本不入流！」當時心裡很不是味兒。

面懵懵地返回原校，老師說在中六期間我可以自修High Level課程，然後去報考，要是失敗了仍可繼續讀A Level中七課程，完成兩年課程就可以考港大，原來當時不少人都會用這種方法考大學。

我懷著忐忑的心情回家，那個暑假我決定開始自修，成為人生中起落最大的暑假。

從中五放榜後的一個月，我每天把自己關在自修室，房間空蕩蕩，那當然啦，有誰會在放榜後還繼續窩在自修室？

問朋友借來中六課程的中文科課本，五年中學都沒有修過中國文學，幸好自己閒時愛看唐詩宋詞，感覺要自修文學也可以應付得到，可是我的天敵又出現，就是數學科！

見鬼的考中大也要數學科合格，再進一階的數學課本內的數字，在我眼中不斷跳舞，我根本無法應付。雖然上天又給我第三個天使，有人替我補習，可是中六課程的數學太艱深，我最後還是徹底投降。

一個月來，不斷苦讀，也苦思，既然我的目標就是考取中大的 High Level，我在中六時要同時兼顧兩組課程不是很傻嗎？

暑假時參加一個天文營，第四位天使出現，她就是在寶血會上智英文書院考畢會考，將會原校升讀 High Level 的一個女生，她聽了我的故事，答應替我引薦見校長。記得當天在校長室內，用了一小時跟修女陳述我的心路歷程，結果獲校長在開學前一星期破格收錄。

同日返回原校取消本來的學位，被老師力勸，轉校後萬一在中六考不上中大，那一年的學位不被承認，會還原到只得中學會考程度，十分不值得冒險去搏，加上香港中文大學屬於次一等，目標應該放在香港大學；我當時去意已決，甚麼說話也聽不進。

結果中六課程成為我人生中最痛苦的一年學業生涯，每天放學後，困在自修室苦讀，關門後回家在公屋的露台繼續挑燈夜讀。有時候晚上風很大，防風膠板吹得呼呼作響，讀到深夜，第二早爬起身昏昏睡睡地上學。

最後放榜成績很不錯，入大學應該問題不大，可是又有問題出現……

To be or not to be

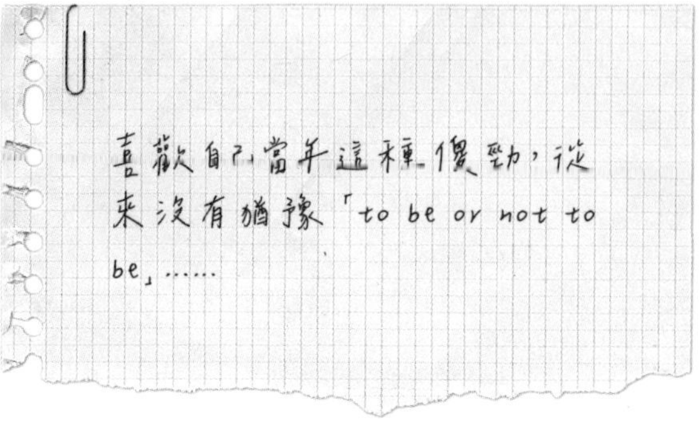
喜歡自己當年這種傻勁，從
來沒有猶豫「to be or not to
be」……

應考中文大學那一年，正正是中大開創「暫取生」制度的首年，即是中五會考成績優越，就已經獲得錄取資格，只要中六那年的公開試成績合格就可以正式入學。

我這等中五成績，一個A都沒有，自然完全沒有資格，在中六應考High Level要特別努力，因為不少學位已經被「暫取生」奪去了。

苦讀一年，中六放榜，老師認為我的成績很大機會被錄取，可是當她聽到我想讀的第一志願，她就力勸我重新考慮，因為她得知這個學系競爭最大，叫我先選一個競爭較小的學系，入到大學再轉系也未為晚也。

非也，對我來說，第一年入不到喜歡的學系就沒意思，大不了重讀再考。不知何來那股堅定意志，決定了就勇往直前。

面試的時候，對著三位老師，完全忘記問過甚麼問題，只知道當時非常緊張。

入學後，才發現班中九成人都是經「暫取生」取錄，抹了一把汗。

當年的我一直矢志要入讀「新聞系」，不過目標不是讀新聞科，而是對其公關及廣告課程很大興趣，後來轉為修讀電視製作是後話。

喜歡自己當年這種傻勁，從來沒有猶豫「to be or not to be」。

人長大了，包袱多了，考慮也更多了，做每個決定，列出所有好處壞處，左思右想，搞到自己精神緊張，以為很理性地分析，結果又未必完全盡如人意，尤其在現今經常劇變的世界，以為很有規劃，卻一個浪就把全盤預算打亂。

人算不如天算，近年開始想尋回當年勇，叫自己順著內心聲音走。

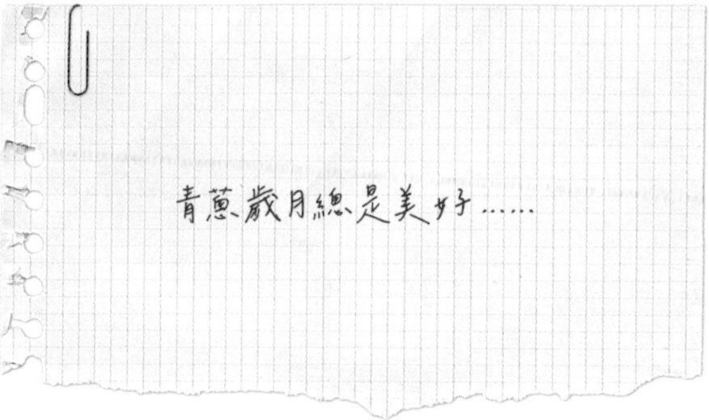

讀書時的傻氣

「喂！排隊！唔好打尖！」跟另一個男性朋友在的士站排隊時，我在隊尾向前面的男人高喊。

多年後，這位朋友仍然重提這件事，說我很大膽，不怕會被人狠狠揍一頓。中學時候，我心裡已有這個嘀咕：「為甚麼世界那麼不公平？」對於憤憤不平的事很想發聲。

中學年代有一個時期，班房內發生很多失竊案，有一次訓導主任要求檢查所有人的書包。我拿著書包，一千萬個不願意打開，心裡想：「我沒有偷東西，為甚麼要搜我的書包？」感到非常侮辱，自問是一個很循規蹈矩的人，但骨子裡也有反叛的基因，只恨自己太懦弱，最後還是如鵪鶉般乖乖就範。

人的記憶有限，有些事情會牢牢記著，可能是微不足道的事情，畫面都歷歷在目，但有些事情卻像電腦文書按「刪除鍵」一樣，可以消失得了無痕跡，如果沒有任何文字或相片紀錄，會忘記得一乾二淨，就像完全沒有發生過。

跟大學同學聚會，同學捧出一疊刊物，是當年大學一年級的時候，班中同學發起要搞一本《班訊》，一年內總共出了八期，內容有專題、人物訪問、投稿及同學的介紹，那個時候未有電腦文書處理，每本書都是以人手抄寫，沒有甚麼特別排版可言，插圖都是簡單的人手掃描，黑白影印本就用人手釘裝，最後一期的封面甚至是手工拼貼，每本都十分珍貴。

最後一期是班中每位同學都寫一篇感言，總結第一年的大學生活。這天我們即席朗讀各人當年的文章，歡笑聲此起彼落，吵鬧得連酒店餐廳的侍應也禮貌地要求我們要將音量收細。

那個時候，各有各多姿多彩的生活，大家都對一年以來各學科的得著作出總結，有人認為有趣；有人說學到的比中學時代還要少；有人則很有大志地說將來要投身造福人群的工作，影響別人；大部分人都是自己提筆，正經八本地檢討一年的學習生活及曾認真參與過的課餘活動，包括辯論隊、學生會及學生報等等。

偏偏卻有同學，不知道是一直想不出感想，還是遲遲都不肯交稿，要作為編輯的同學訪問後代筆，還表明大學一年級不曾認真唸書，努力投入自己的興趣去玩，包括跳舞及戲劇，那個人正正就是我。

當年說過甚麼，大家連自己都完全忘記了，重拾這些文章，好像重新認識當年的自己，幸好有同學一直好好保存《班訊》，讓大家重拾青蔥的回憶。

青蔥歲月總是美好。回望四年大學生活，玩多過讀書，沒有太認真上課做功課，在四年班更經常走堂，主修「新亞劇社」，經常為排練而廢寢忘餐。畢業後，有點懊悔沒有把握四年時間多閱讀，特別是課外書，反倒在畢業後才重拾閱讀的興趣。到英國唸碩士那年，矢志要專心上課，彌補大學時沒有努力讀書。

最堪回味的好日子

> 在競爭劇烈的工作環境，出走一年，機會溜走，可能位置都不保，但我仍是那種「有前無後，打死罷就」的心態……

兩段讀大學的日子最是回味，無論是在香港中文大學，又或在英國華威大學（University of Warwick），都感到無比的幸福快活，畢業時想抱著校園的大樹不肯走，十分不捨。

大學時很老實報住址，入讀後才發現有人會借親戚地址，便可以住足四年宿舍，我也不好意思經常「屈蛇」，宿舍生活是大學的精髓，四年只能住上一年，成為我大學生活中最大的遺憾，不過那一年特別過癮。

考取獎學金到英國讀書，第一年失敗而回，第二年再接再厲，終於實現多年來想到外國唸書的夢想，收到錄取信的一刻，在電梯內歡呼大叫。

走進老闆房準備辭職，說要到外國讀書，好像懂讀心術的老闆劈頭第一句就說：「你諗都唔好諗辭職！」結果很幸運地可以停薪留職一年。

很多同事問，在競爭劇烈的工作環境，出走一年，機會溜走，可能位置都不保，但我仍是那種「有前無後，打死罷就」的心態，管他呢！

工作十年後重返校園，是另一種心態。在中大四年沒有認真唸書，就叫自己碩士班好好努力，可是那些政治學理論對我猶如火星文，每個英文字都懂，但組合起來每一句每一段都很難明白，第一份功課還差點不合格，嚇得急起直追，沒理由拿獎學金讀書最後「肥佬」吧。

起初在課堂上猶如啞巴，外國同學都踴躍發言，頭頭是道，每一堂都要先讀很多文章才可以上課，到底同學們有甚麼超人能力？感到自己甚麼都不是。

最初一個月，下課鐘聲一響，課室就變得空蕩蕩，自行返回宿舍，感到很孤單，幸好很快跟一班同學熟稔，互相扶持及定期聚會，一起讀書、一起煮食、一起旅行，日子變得愈來愈快樂。

英國的冬天確實有點難捱，下午三時開始天黑，做完功課五時多去超級市場買餸準備晚餐，猶如深宵出行，感覺怪怪的。二月底，忽然間甚麼朋友都不想見，不回覆任何訊息，把自己鎖在房內，好朋友來拍門也不回應，那時候，應該是有點抑鬱，幸好幾天後就沒事了。

雖則功課壓力很大，但相比工作，校園環境還是樸實純真。在英國感受不一樣的生活，大開眼界。畢業要離別，幾個好朋友擁著哭得肝腸寸斷。

一直感恩，上天給我這個寶貴體驗。那個年代，不太流行工作假期，現在年輕人可以把握機會多往外闖，肯定會成為人生任何時候回望，都是最堪回味的好日子。生命如果有幾十年，用一年時間流浪，絕不奢侈，絕對值得。

II. 閱讀這件事

袋中一本書

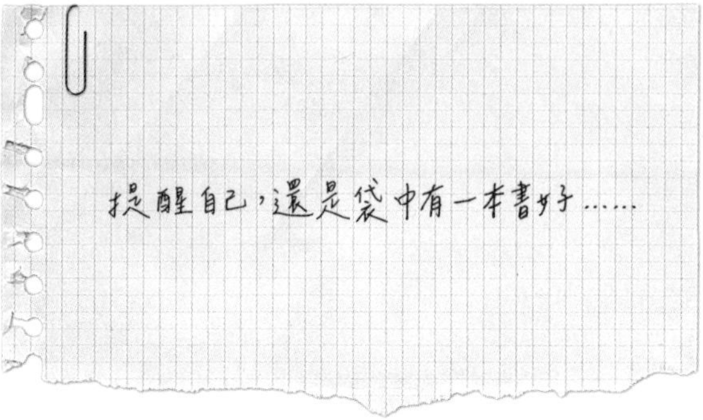

以前讀書的時候，很愛泡圖書館，看著書架上一排排的書本，已經有一種心花怒放的感覺。

小學至初中，在家附近有一個小童群益會中心，地方小小的設在屋邨地下，內裡闢有一個圖書館，藏書量不算多，圍滿一室的書架，《兒童樂園》、《明報周刊》等等都一應俱全，看得我津津有味，巴金的《家》、《春》、《秋》，也是在那個圖書館遇上。

多年來，我一直感謝有這個圖書館的存在，讓我可以沉醉於書海之中。特別在那個年代，哪來閒錢買課外書本？能夠免費任看書籍，實是幸福。

別少看這個小小的設施，對我來說，好像一個大寶藏一樣，也令我有機會接觸不同類型的書本，培養閱讀習慣，我深信只要愛閱讀，無論是甚麼類型的書本，語文及思考能力一定比不看書的人好。自小培養閱讀習慣，對一個人的成長，是很重要。

後來轉到政府的公共圖書館，那個時候未有智能身份證，每人獲發三個圖書證，每張證可借一本書，借書及還書都一定要在同一間圖書館，公共圖書館實在為我們這些沒有餘錢買書的人，提供很好的免費精神糧食。

倒是大學畢業後，再沒有踏足公共圖書館，主要是自己開始喜歡買書及收藏好書。到了近年，家中的書庫滿瀉，重新改變習慣到圖書館，借一本在坊間遍尋不獲的書，抱著那本書，有種返回校園的感覺。公共圖書館是很好的資源，應好好善用。

為甚麼愛看書？書本帶給我另外一個世界，投入作者的文字，如同一種交流，閱讀不同類型的書，也可拓闊自己的視野空間。曾經有一段時間，習慣袋中總有一本書，好處是相約朋友，對方遲到，你不會動氣，我可以利用等人的時間看書，不會白白讓光陰溜走，也不會感到無聊。

有了智能手機後，這個習慣不能維持，有時只是短途車程，看不了兩頁書，就利用手機閱讀新聞。逐漸發現，由於沒有書本在手，看過新聞等資訊後，就不期然會查閱電郵，覆 whatsapp 等等，加起上來，使用智能手機的時間長了許多，閱讀的時間少了很多，於是提醒自己，還是袋中有一本書好，有時間寧願多看書，避免塞太多無謂資訊。近年開始慢慢接受閱讀電子書，看書，變得更加隨時隨地。

現在任何一個角落，你都可以看到人人手機不離手，假如能夠利用這些時間閱讀，一年下來，你已經讀了十本八本書。

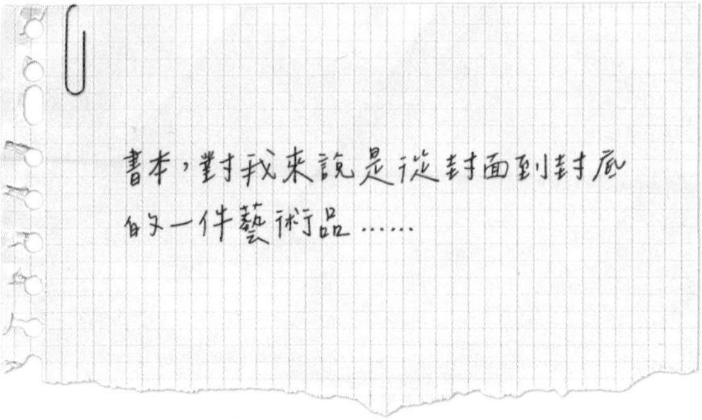

書本的溫度

科技的洪流改變每個人的生活，擋也擋不了，但網絡世界撼動不到的，是我堅持要捧著實體書本閱讀，讓作者的一字一句，書頁上的排版及圖畫，透過眼睛也透過雙手，傳遞書本的溫度，與作者一同呼吸。

書本的紙質、重量、排版、封面設計，都會影響閱讀經驗，電子書無法替代。

讀到一本好書，猶如與知己暢談一個晚上那麼令人愉快，如獲至寶，多讀書比多化妝更有用。有時候除了內容讓人愈讀愈興奮，書本的編排及紙質的手感，都會讓人愛不釋手。

試過用幾天時間，不眠不休讀完一本小說，看到最後一頁蓋上書本時，那種依依不捨的感覺令我失落了好一會；也試過讀到一本好看的感性散文，心裡感覺軟綿綿的，同時刺激我的神經思考，讀完後放在床邊，第二天又開始從頭到尾再看一遍。

電子書是方便，是省地方，可卻也是冷冰冰的，觸摸不到的虛擬文字。在網上尋找資料還可以，但沒有收藏價值。相反，書本，對我來說是從封面到封底的一件藝術品，擱在書架上，單是視覺也讓心靈滿足。

讀。

一直有一個心願，就是擁有一間三面牆壁都是裝滿愛書的書架，坐在一扇落地窗旁好好閱讀。

花在書本的錢比衣服多，擁有書本的滿足感更是大得多。眼看實體書店一間一間地倒閉，迫得開始也要在網上購書，當收到訂購的書本，拆開箱子，第一次觸摸才知道，原來這本書的質感及重量是這樣啊。

就讓我這個死硬派的老餅，繼續支持讓實體書不死。

讀書的小確幸

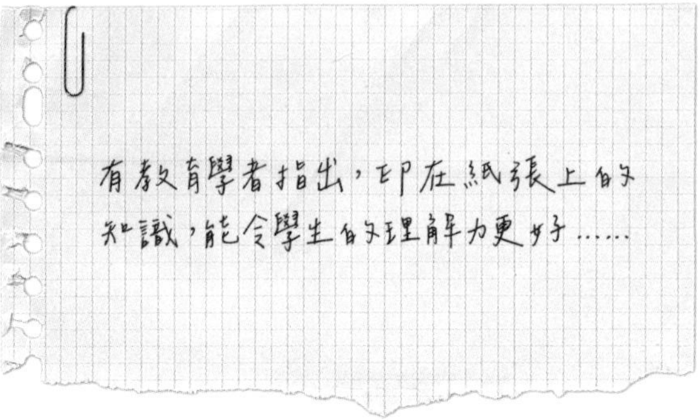
有教育學者指出，印在紙張上的
知識，能令學生的理解力更好……

現今不少學校流行每個學生配備平板電腦上課，認為其互動及多元變化，可提高學生的學習興趣，不過在澳洲悉尼就曾經有學校宣布收回所有平板電腦教材，反璞歸真，用實體書本教學，因為有專家指出，使用平板電腦學習，小孩子很容易分心，更加難培養其專注力，這個不難理解。

有教育學者指出，印在紙張上的知識，能令學生的理解力更好；書本的溫度及紙張的獨特性都有影響。更重要是，用手寫筆記比起打字，記憶更深。

曾經有一項研究顯示，大學生用打字記錄比手寫快，但在二十四小時過後，打字的學生幾乎已忘記課堂所學，反而親手書寫筆記的學生，在一個星期後仍然記得大部分內容，更重要的是他們會更加了解老師講學的重點。

書寫是一種大腦運動，親筆寫過，有助轉化成深層記憶。太依賴科技，有時會令人更加退步，所以請好好訓練及利用人類天賦的潛能。

近年世界環境突變，生活出現翻天覆地的轉變，計劃不斷受阻，特別消磨人的意志。未來充滿不確定性的變素，讓人更加沒有安全感。除了追星追電視劇讓自己暫時忘憂之外，跳進書海尋回一點慰藉，也是讓心靈得到依靠的好方法。讀一本喜愛的書本，滋養心田。

我愛麵包香，更愛書香，到台灣逛書店，絕對是一種享受。幾年前在台中歌劇院附近逛，就是蔦屋書店，這間源自日本的書店，其鼻祖被譽為全球最美的二十間書店之一。

多年前開始在台北落戶，台中開設的是分店，同樣很美。在網絡世界衝擊下，創辦人增田宗昭仍然選擇開設大規模的實體店，他認為實體店不僅是品牌最佳的廣告，更是完整傳遞品牌世界觀的唯一途徑。

他的經營理念是找對的人執行細節，包括書店的店面設計，完全放手給專業的設計團隊，他說開店前從沒看過設計圖，因為創始人的角色是「理念傳遞者」。

地下一層是餐廳及生活精品百貨，二樓有幾萬本藏書，有不少是藝術及設計書籍，另外設有大量閱讀空間，有吧枱，也有沙發，可點杯咖啡坐著打書釘。陽光從大大的玻璃窗灑進來，磨上一天也不嫌多。

能夠讓身心靈同時感到無比滿足及幸福，就是台灣人常掛在嘴邊的「小確幸」。

愛惜書本自有因

看見別人將書摺角，或者把書翻得「甩皮甩骨」，特別心痛……

教科書年年改版，年年加價，家長每年都要為子女購買課本而頭痛。唸中學時，每年出書單，我都一樣很頭痛，見著那堆價目表，加起上來對我來說是天文數字，根本無法負擔。

每逢暑假就是撲教科書的日子，搜購二手書是頭號任務。首站是學校的二手書攤，當年唸的長沙灣官立中學，有一個很好的做法，就是每年讓高年級同學賣出用完的課本，讓我們這些清貧學生可以用低廉價格買二手書，承接師兄師姐賣出來的舊書，搶不到就要往外頭的二手書店找，最後迫不得已才到書店購買新書。

搜購回來的二手書，一般都要用很多時間來擦掉課本原有主人寫上的答案，這個還不算太苦惱，有時改版改得太多，我拿著舊版教課書，老師用新版說翻到某一頁時，我都要花些努力去跟上，這個問題也不大，至少學校沒有強迫學生一定要用新版。

用二手書也可以樂在其中，我很喜歡用一些印有風景相的月曆來包書，以此掩蓋殘舊的封面，既特別又美觀，頓時變得與別不同。要是能夠有一、兩本新書在手，特別珍而重之，可能也是這個緣故吧，現在手執任何書本，都會愛護有加，除了劃上記號以便將來翻查，閱讀過後的書，外表跟新的沒有太大分別。

看見別人將書摺角，或者把書翻得「甩皮甩骨」，特別心痛，也慶幸沒有把書借給這些人。

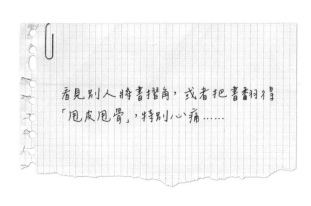

參透為何，承受任何

哲學家尼采說：「懂得『為何』而活的人，幾乎『任何』痛苦都可以忍受。」……

人生有著各種苦難，面對生離死別，或者生活上的巨變，都會讓人突然意志消沉，失去對周遭一切的興趣，最嚴重者失去生存意義。

很多年前看過的一本書，一個曾經被關進集中營的精神醫學家Viktor Frankl，用自身的經歷及體會，寫了一本很有影響力的書本*Man's Search for Meaning*（中譯本《活出意義來》），闡述人在苦難中，如何讓自己懷抱希望活下去。

書中提到，一旦看不到未來就會沉淪，集中營內有些人喜歡藉回味過去度日，忘記當下痛苦，殊不知這樣做會讓人忽略現實，以為當前的痛苦是虛幻，於是眼前一切都變得毫無意義，不把困境當成試煉，只是沉溺過去，自然對未來失去信念及希望，覺得生命沒有意義。

這位醫生在集中營遇到一位音樂家，音樂家跟他說夢中有一把聲音，答應會實現他許下的願望，於是他問聲音甚麼時候可以獲釋，聲音答道是三月三十日，隨著這個日子臨近，現實告訴他沒可能獲釋，音樂家在三月二十九日突然病倒，三月三十一日死去。

心境影響免疫力是不爭的事實，要抵禦當前困境，最佳方法是借內在力量，尋找生存的目標，哪管是一個人在外頭等著，又或者一件事等待完成，讓自己變得無可取代，凸顯自己的生存意義。

書中引述哲學家尼采的一句說話：「懂得『為何』而活的人，幾乎『任何』痛苦都可以忍受。」這個「為何」，是叩問自己的獨特，每個人都是獨特個體，不用別人來評價自己，自己最清楚想做甚麼、可以做甚麼。如果明白到痛苦也是一種使命，就不會退縮，不會只留在痛苦漩渦中打轉，而是將痛苦轉化成意義。

多年來，都特別喜歡看有關集中營的故事，人之所以為人，是因為人類有一種特質叫「良心」，也有「自省」的能力。看過一齣電影，是有關第二次世界大戰時猶太人的悲慘遭遇，結語的幾句對白大致內容是這樣：「人類是一種很奇怪的動物，永遠很難搞得清，為甚麼最善良與最邪惡的事情，同時發生在人類身上。」可是後來卻要避開這些題材，因為這類情節如近在咫尺，太貼身時，原來是受不了。

有時問「為何」而活，有點無語問蒼天，但無論如何，請不要太早放棄，畢竟當年的在集中營的人，也不知道救星何時會出現。

閱讀《德蘭修女傳》（作者是華姿），也在參透為何德蘭修女能夠忍受旁人看來的痛苦，書底印著一個小故事——

有一天，一個人來到上帝那裡，要和上帝討論天堂和地獄問題。

上帝對那人說：「好吧，我讓你看看甚麼是地獄。」

他們走進一個房間，房間裡有一大群人圍著一大鍋肉湯，每個人看起來都營養不良，飢餓而且絕望。他們手裡都拿著一個可以伸到鍋裡的湯勺，但湯勺的柄比他們的手臂還長，他們都無法將湯送進自己的嘴裡。

上帝又對那人說：「來吧，讓我帶你去看看天堂。」

他們走進另一個房間，同樣是一群人、一鍋湯、一樣長柄的湯勺，他們卻是快活地唱歌。

那人問上帝：「我不懂，為甚麼同樣環境，一班人快樂另一班卻悲苦？」

上帝微笑答道：「很簡單，因為在這裡，大家都在餵別人，而在那裡，他們只餵自己。」

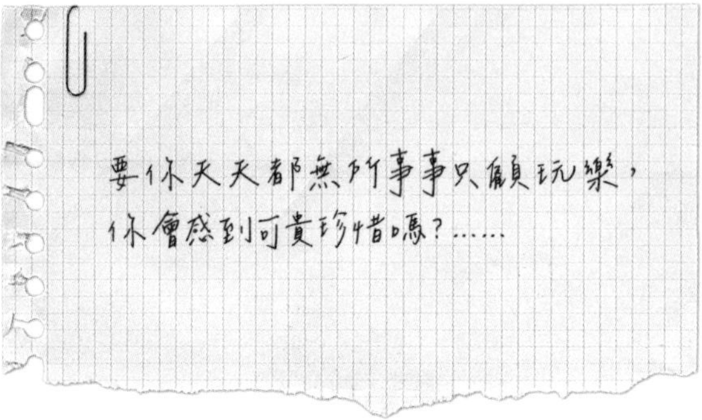
要你天天都無所事事只顧玩樂，
你會感到可貴珍惜嗎？……

如果有一個快樂機器

很喜歡台灣作家龍應台的作品，她的第一本長篇小說《大武山下》，內裡的情節未算特別吸引，反而其中一段文字十分有趣。

主角為鎮內一班國中學生授課，先派發問卷要他們作答，其中一題是這樣的：

「如果有一個快樂機器，你戴上就永遠在快樂狀態，但是一戴上就永遠除不下。你戴不戴？為甚麼？」

經常說，人生於世上，都是為了尋找快樂，每逢節慶，我們送上的祝福，總是會說：「中秋節快樂」、「聖誕快樂」、「新年快樂」、「生日快樂」……

快樂，對每一個人來說都很重要，希望時時刻刻都開心生活，但有沒有想過，如果每一分秒都是開心的話，那又是否真正得到快樂呢？

先看看小說裡國中生的答案。

有趣的是，每一個答案都是，「不戴，不要。」為甚麼？

「每天吃蛋糕，而且不吃不行，吃一輩子，好可怕！」、「恐怖。只有一種情緒，那不是神經病嗎？我們九塊厝村子裡就有一個神經病，連褲子都沒有，永遠笑嘻嘻。」

在做完運動極累後，那個「大休息」才讓人享受；在極度肚餓下，吃的一碗白飯才讓人感到香甜；在辛苦工作過後的旅行，特別盡情。

試想要你天天「大休息」，你會感到享受嗎？要你天天都無所事事只顧玩樂，你會感到可貴珍惜嗎？

久而久之，不單不會享受，甚至會覺得受罪及無聊。

正正是人生有苦有悲，才顯得喜樂的珍貴。

李白的通天之路

生活極像金庸小說筆下的人物，原來那些人物都絕不純是虛構……

中學時代迷上唐詩宋詞，讀到很有感覺的就牢牢唸記，當課堂沉悶時，就在書本上背寫有關詩詞，哪些課本寫滿詩詞的，就是我不喜歡上的課。

當年沒有修讀中國文學，也因為學校並沒有這一科，後來為了考中文大學，中六課程必須要修中國文學，才有機會開始正規地學習。雖則如此，為了應付考試，都只是囫圇吞棗，沒有太多心思了解其創作歷史背景。

旅美華裔作家哈金的作品《通天之路：李白》，是他飽閱漢學的相關研究後，以小說的筆觸寫了李白的一生，寫得非常生動有趣，很有追看性，打破我以往對李白的印象，也更明白每首詩背後的前因後果。

李白在我心目中，就是一名愛飲酒、常醉酒的伯伯，估不到李白一生最大志願，是入朝廷當官，為國家出謀獻策。

出生於唐代的李白（七〇一－七六二年），有說他在西域的碎葉城（即今日的吉爾吉斯坦）出世，四歲跟隨做生意的父親李客，遷到四川。

李白的父親李客經營布料、葡萄酒、生活器具及紙張的買賣，家族的駱駝隊經常穿梭於中原及西域，算是富貴人家。

李白自小飽讀詩書，聰明過人，李客希望兒子從政，幫助家族擴大影響力，因此努力栽培兒子。

在年輕時，李白經常靠父蔭在中國四處遊歷，除了努力尋找朋友引薦入朝廷外，其餘時間都是「旅行」，吃喝玩樂，吟詩作詞，舞刀弄劍，走入山中潛心修道，生活極像金庸小說筆下的人物，原來那些人物都絕不純是虛構，那個年代的人真的是如斯生活。

自小熟讀兵書，劍術高超，騎馬箭藝了得，年少時曾想過從軍，更一心想跟曾經贏過多場戰爭的武將裴旻學藝，希望成為一位出色的軍官，後來遭流放，年屆六十依然想從軍，山窮水盡去當舖贖回自己的劍，買了把長槍，騎著一匹老馬出發投靠軍隊，這個夙願至死都無法達成。

李白一生最大的宏願是在朝廷謀其一官半職，為國效力，他沒有選擇科舉考試，反而另覓途徑——干謁，即靠人引薦。李白到處遊歷，薄有名氣，總在宴會上即席作詩，文采讓人折服，可惜他每次不是在字裡行間開罪他人，就是顧影自憐怨天怨地，讓本來想推薦的官員擔心他性格上的缺陷會連累自己，結果作罷。

他四十二歲那年，獲皇帝唐玄宗親自下詔宣他進朝，是極為罕見的榮譽，可惜後來李白認為翰林院集合了文學及藝術家外，更有風水師、僧人及算命師，感到俗不可耐，每天無所事事，宴會度日，於是寫詩揶揄眾人，種下禍根，被皇帝身邊的人視為要鏟除的敵人，搜集他寫過的文章為黑材料。結果，當官兩年就辭職，當道士去。

「床前明月光，
疑是地上霜，
舉頭望明月，
低頭思故鄉。」

這首連幾歲小孩也能琅琅上口的唐詩，李白在二十六歲時寫成。現代人讀起來沒有甚麼悲傷情懷，這首詩卻是他最失意潦倒時寫成。

李白一生靠著父蔭到處遊歷，經常到飯館大吃大喝，遇上落魄的書生會慷慨解囊，據說他曾經在一年內「散金三十餘萬」，可謂出手闊綽。後來父親的生意一落千丈，無法源源不絕地提供金錢任他揮霍，李白身上的錢很快用光，新認識的朋友漸漸疏遠，日子變得難過。

有一天，他獨自一人在揚州病倒，舉目無親，身無分文，寄宿的客棧又不讓他繼續賒數，快要變成露宿者，悲從中來想起遠方的親人及老師。他揮筆寫信給老師，吐出自己一事無成羞於回鄉的心情，晚上夜闌人靜，無法入睡，凝望窗外的月光，寫下了這首家傳戶曉的《靜夜思》。

話說有一次李白遊到今日武昌的黃鶴樓，牆上寫有崔顥的詩句，其中兩句是：

「昔人已乘黃鶴去，
此地空餘黃鶴樓。」

李白當時覺得無法寫出超越這首七言律詩的作品，惟有認輸。

五年後，當他送別友人孟浩然時，寫出了更加耳熟能詳的詩句：

「故人西辭黃鶴樓，煙花三月下揚州。

孤帆遠影碧空盡，惟見長江天際流。」

「煙花三月」更成為李碧華筆下一本小說的書名。

讀歷史長智慧之一：少年王守仁

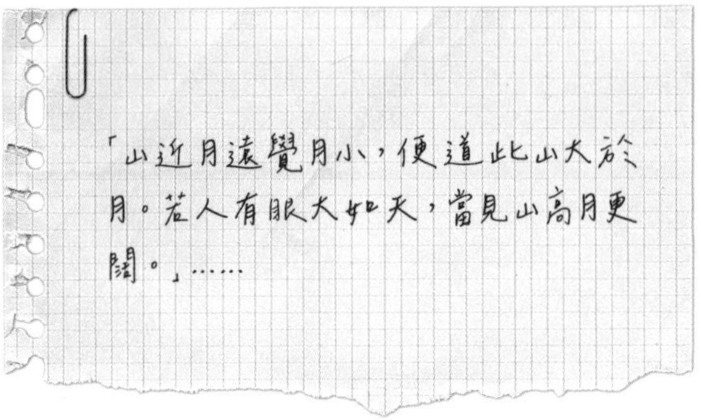
「山近月遠覺月小，便道此山大於月。若人有眼大如天，當見山高月更闊。」……

歷史，看似沉悶，其實十分有趣。

《明朝那些事兒》這套著作，一共七冊，令人望而生畏，作者「當年明月」用說故事的形式，娓娓道來明朝二百七十六年的起跌興衰，風趣幽默。

書中一個亮點人物十分吸睛，他就是王守仁。

何許人也？他是王羲之的後人，歷代先輩都是大官，但到了王守仁這代，卻氣得父親哭笑不得。

王守仁在上課時搗蛋，舞槍弄棍，專問稀奇古怪的問題，寫一些莫名其妙的詩詞，其中之一：

「山近月遠覺月小，
便道此山大於月。
若人有眼大如天，
當見山高月更闊。」

充滿哲理啊！

這首詩叫《蔽月山房》，流傳千古，王守仁寫這首詩時，只有十二歲！

十五歲的時候，王守仁跟父親說，已經寫好給皇帝的上書，希望皇帝賜他幾萬軍隊，出關打敗外患韃靼，父親的眼睛差點就掉到地上。兩年後，王守仁向父親說，認同自己之前提議出兵打仗是不切實際，經過苦煞思量，找到為國效力之道，就是要做聖賢！

父親對付小子的方法，就是要他娶老婆，希望他「生性做人」，可他在結婚當天卻玩失蹤，不是逃婚，而是他閒蕩時見到一座道觀，迷頭迷腦跟道士聊天打坐，「道」從此在他心中埋下種子，往後他真的靠道及聖賢之書，為明朝寫下一頁頁光輝歷史。

讀歷史長智慧之二：聖賢的頓悟與心學

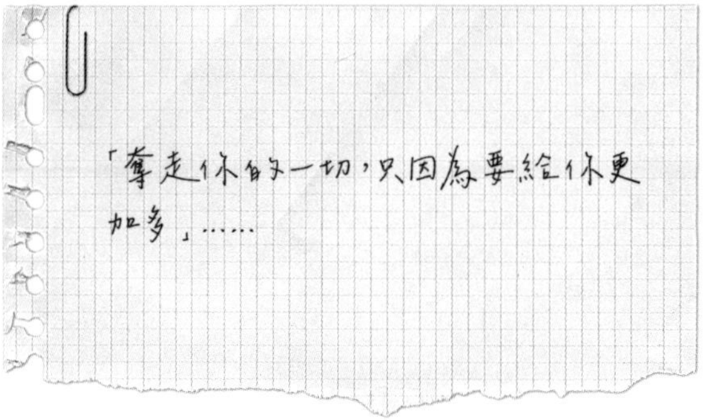

《明朝那些事兒》中用了不少篇幅，講述有關王守仁頓悟成為聖賢的故事。

他半生埋首格悟哲理，後來雖然為官，卻得不到重用，流放荒地。到了三十七歲之年，他開始懷疑人生，開始質疑矢志不移追尋聖賢、路見不平、挺身而出，是否有錯？

如果一直堅守的都是正確，卻又為甚麼上天要讓他山窮水盡，掉到人生最低谷？

書中有一段非常發人深省的說話：

「奪走你的一切，只因為要給你更加多；
給你榮華富貴，只為讓你知曉世間百態；
使你困窘潦倒，身處絕境，只為讓你通明人生冷暖；
只有奪走你所擁有的一切，
你才能擺脫人世間的一切浮躁與誘惑，
經受千錘百煉，透悟天地。」

王守仁在荒涼山谷苦思，最後想通自己用了十九年時間，尋遍天涯海角，始終找不出那個「理」，卻突然醒悟到原來「理」一直在人的心中，正是「天地雖大，但有一念向善，心存良知，雖凡夫俗子，皆可為聖賢。」王守仁的「心學」從此誕生。

飽讀聖賢之書，創立學說，並不足以讓他成為傳奇。

王守仁為了效國，也苦讀兵法，他沒有親身到過戰場，卻憑智慧，打贏多場漂亮的仗。

他被後世稱為哲學家、政治家、文學家及軍事家，用兵不按常理出牌，聲東擊西，最為人津津樂道是平定寧王朱宸濠的叛亂，當年王守仁只有令牌一個，沒有一兵一卒，卻能打勝仗。

讀歷史長智慧之三：流氓鬥書生

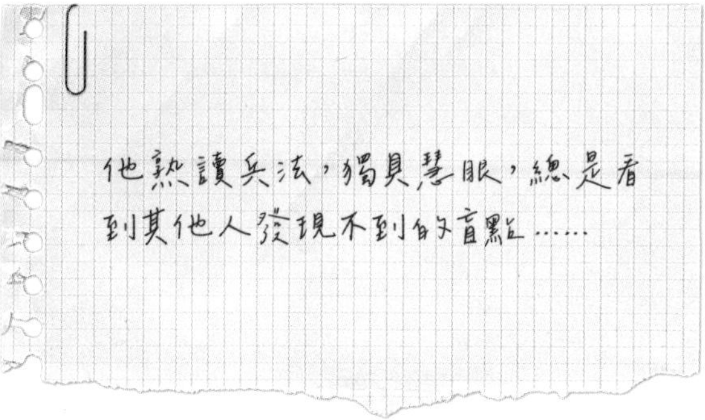
他熟讀兵法，獨具慧眼，總是看到其他人發現不到的盲點……

聖賢王守仁創立「心學」，後來升任贛南巡撫，成為三品大官，用計謀平定地方的土匪，卻發現背後勢力「寧王」朱宸濠密謀造反，當時他唯一能做是向上級申請令牌，讓自己有調兵的權力。

不過，可以調兵，不代表有兵。朱宸濠作反時擁有八萬兵力，王守仁手上卻無一兵一卒，需要時間調兵遣將，為今之計，只有一個字：「拖」。

為了買時間等待援軍，王守仁在城中張貼告示，文宣內容說自己坐擁十六萬大軍，但隨便亂貼街招就能嚇退敵人嗎？

當然不會那麼容易，重要是王守仁分析形勢準確，料事如神，算準寧王的軍師會建議他立即進攻南京，同時向敵方陣形假傳密件，結果讓寧王決定暫且按兵不動。

在整場戰役中，王守仁的軍師認為應該進攻時，他卻偏不動；軍師們認為要攻東，他卻說要進西，不是他專愛賭氣，而是他熟讀兵法，獨具慧眼，總是看到其他人發現不到的盲點，也懂得敵進我退，聲東擊西的策略，殺對方措手不及。

這次對壘，歷史上兩軍，一方是流氓，一方是書生，流氓雖然好勇鬥狠，卻缺乏足智多謀的將領，節節敗退的朱宸濠，在最後一役竟然沒有汲取歷史教訓，下令將所有艦船用鐵索連在一起，結果《三國演義》中的火燒連環船又再歷史重演，三十五日的叛亂之戰，落下帷幕。

流氓最終鬥不過書生。

讀歷史長智慧之四：知行合一

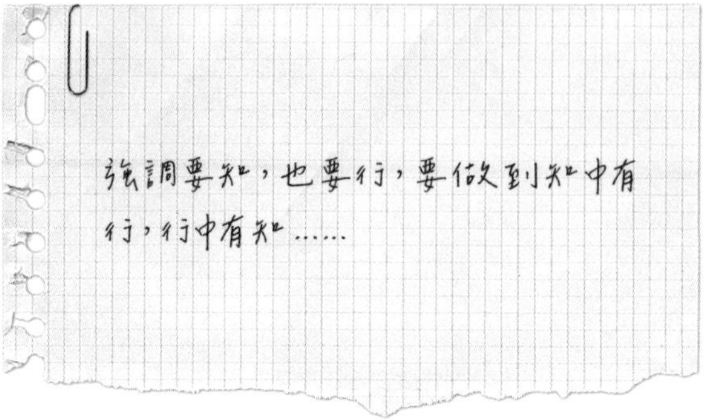

就讀中文大學時，新亞書院的男生宿舍名為「知行樓」，我當年住在對面的女生宿舍是「學思樓」，天天經過「知行樓」，卻從沒有深究當中的意義。

「知行合一」就是明朝哲學家王守仁「心學」的核心理念。

強調要知，也要行，要做到知中有行，行中有知，認為知道必然要表現為行，不行的話就不能算真正的知。

王守仁為官時清廉，沒有被敵人鑽空子的機會，結果讓他逃過多劫。

前文分享過他用機智，平定寧王朱宸濠的叛亂，其實在叛亂消息一出，當時的皇帝朱厚照也趁高興領軍出兵，可是當年沒有互聯網、也沒有電話，寧王被抓後皇帝才收到奏折，身邊的讒臣知道皇帝好勇的心意，也為了整頓王守仁，居然建議要王守仁將寧王放走，讓皇帝再捉一次，王守仁不想百姓再受戰爭之苦，唯有抗命。

他火速找皇帝極為信任的太監張永，希望他勸告皇帝收兵，張永盤算自己在朝廷明爭暗鬥中這樣做的好處，也明白到王守仁不求私利，真的是為平民百姓，最後成功勸服皇帝班師回朝。

這次整不到王守仁，敵方陣營當然不會罷休。

一天，對方找來王守仁，質問打敗寧王抄家的錢財數目，暗示王守仁私吞財產。豈料他說，抄家時找到寧王的帳簿，記載很多財物來源，對方當場識趣引退，因為對方知道，帳簿上的收受賄款紀錄，自己必定榜上有名。

領悟道理，有所為也有所不為，身體力行，王守仁真正能做到「知行合一」，才能化險為夷。

III. 活著的模樣

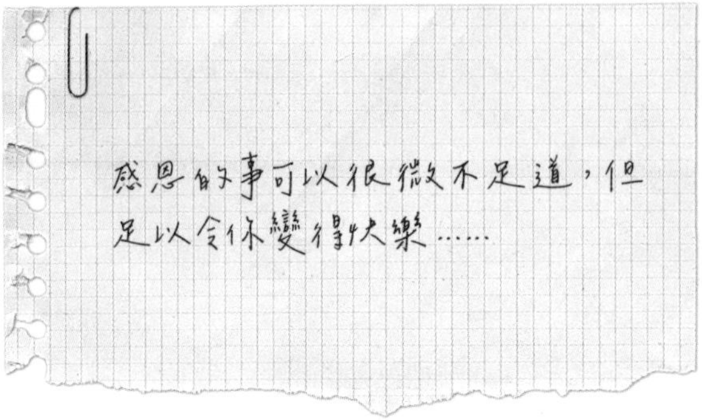
感恩的事可以很微不足道，但
足以令你變得快樂……

寫日記變得快樂

從中學開始有寫日記的習慣，還記得那時候，日記有上鎖的裝置，很傻氣地在首頁寫上：「如果你不是日記主人，請你不要翻看。」多麼的天真。那個時候的日記，少女情竇初開，寫的總是在猜誰是否喜歡誰。

這個習慣在十多年前停了下來，最主要是因為每天太忙，倒頭就想睡。

翻看日記，才讓一些片段從腦中倒出來。人的記憶有限，年紀漸長，對過去的很多事情記憶模糊，唯有靠過去的文字幫忙。回憶是最美好的，做人最好只記著開心的事情，但不愉快的經歷要完全忘記，很難，只有放在心底最遠處，盡量少想起，就算記起事件，也要淡忘那種感覺，不讓過去痛苦繼續纏繞折磨。

二〇二〇年殺到香港的世紀大疫症，很多日子都足不出戶，手機的行事曆，也沒有甚麼工作及約會記錄，過了幾天之後，很容易想不起幾天以來日子是怎樣過，生活到底是怎麼一回事，莫說十年八年後回望，可能更是一片空白。

從疫情傳入香港開始，就重拾寫日記的習慣，簡單記錄每一天的生活，因為這是前所未有的疫症，全球影響深遠，身邊每天也有許多匪夷所思的事情發生，很想為自己留下雪泥鴻爪，哪管很多時都是千篇一律。

疫症讓全世界人的生活起了翻天覆地的改變，猛然發現原來過去做很多的事情，很多的生活模式，都不是必然，甚至有些是浪費時間。上天給予地球人這個時機，好好反思，好好檢視自己的生活，重新整理甚麼才是最重要，也在這瘋狂的世界裡面，更加認識同看清楚自己，遇上危難會如何應對。

寫日記，還有一個作用，將不愉快的事或心情寫下來，像跟一個朋友傾吐秘密，將一切倒了出來之後，合上日記本，一切像解決了，忘記了，以後重拾再看，可能覺得根本是雞毛蒜皮，不值一哂，甚至可笑。

聽過一位臨床心理學家分享正向心理，她說研究顯示，人的性格是否樂觀，有一半是天生，另外一半是環境及自己的想法；而如果人的心中，有一份的負能量，就要用兩份正能量才能令自己平衡過來，所以我們要做的，就是增加自己的正能量。

她分享增加正能量方法，就是寫日記，每天寫下三件值得感恩的事情，然後寫出發生這件事的原因。研究發現，一組人每天寫感恩日記，另一組甚麼都不做，結果是每天書寫感恩日記的人，七天之後正向情緒提升。感恩的事可以很微不足道，例如看見路邊一朵美麗的小花，喝了一碗甜湯等等，但足以令你變得快樂。

每天發生的事情多不勝數，靜下來思考的時候，可能你會發現，自己一天到晚都不斷埋怨，認為事事不順心，將不快事無限放大，出門下雨都認為自己頭頭碰著黑；如果換另一角度去想，山中的植物因此得到滋潤，空氣因此而變得乾淨，心情會否變得好一點？

失去的校園

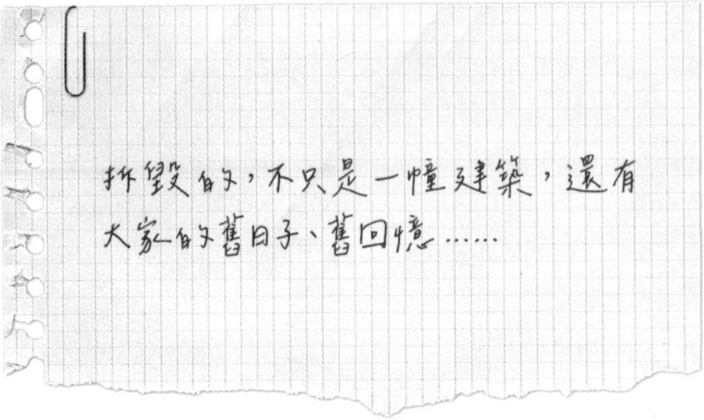
拆毀的，不只是一幢建築，還有
大家的舊日子、舊回憶……

曾就讀過的幼稚園及畢業的小學，已經被拆掉。十幾年前，連中學校舍也被夷平，變成高樓大廈。現在只剩下中六及大學校舍仍在。

很多年前曾經相約一班中學同學舊地重遊。中學畢業後，鮮再踏足這一區，只知道好多年前，校舍曾經改建成國際學校。

再回舊地，校舍原址已經起了一座公屋，附近的舊樓已全部拆掉，成為一個新屋邨。

對我來說，面目全非，若不是有住在附近多年的同學講解，我也未必能夠準確認出校園曾經所在的位置。

城市發展，總免不了拆、拆、拆，不清拆就不會有新的大樓，但拆毀的，不只是一幢建築，還有大家的舊日子、舊回憶。要回想這些歲月，只能憑記憶，畢竟當年沒有手機，很少拍照。

幸好那次與一班同學聯繫重遊故地，腦中的回憶，就如河水般一瀉而下，頃刻讓我們時光倒流，一起懷緬那些年的青蔥歲月。

中文大學的美麗校園還健在，如果有一天連這個校園山頭也被剷平，興建別的高樓，我希望我已經歸天，不想親眼目睹。

無用所以有用

世界不需要每個人都一樣，更加不需要每個人都「成功」……

現代人美食一籮籮，通常愈香口愈肥美，就愈不健康，有中醫師也笑說，愈好愈有營養的食物，一定愈不好吃，也由於不好吃，才能存活，不致被人吃至絕種。

曾經看到書本中的一個故事，展示莊子所說的「無用之用，是為大用」——

一棵大樹，生長在路旁好幾百年，吸引很多人前來觀賞，一位木匠經過，頭也不回就走了，木匠的徒弟問師傅，這麼宏大的一棵老樹，那麼多人特地來看，為甚麼師傅偏偏一眼也不看。

木匠答徒弟：「別看這棵樹那麼高大，實際上樹幹內是空空的，樹幹的質地也不好，不能做家具，甚麼也做不成，一點用處也沒有，所以沒有甚麼好看。」

晚上那棵大樹托夢給木匠說：「你看我一點用處也沒有，你可知道，假如我是上等好木，能夠做貴價家具，老早就被人砍掉，還能活到現在嗎？還能供人觀賞，還能給人遮蔭嗎？」

世界不需要每個人都一樣，更加不需要每個人都「成功」。正是因為表面看似無用，才能存活，避開災禍，而且所謂有沒有用，視乎觀點與角度。

十多年前有一個如微電影般的泰國廣告——

一位弱聽的女孩很愛拉小提琴，可是在校內受到其他同學欺凌。

有一天，遇上一位伯伯在街頭演奏小提琴，她哭著問伯伯，為甚麼自己跟別人不同。

伯伯反問：「為甚麼要跟別人一樣？」

女孩在伯伯鼓勵下參加音樂比賽，碰到甚麼挫折都繼續練習，結果她的演奏比健聽的同學更加出色，發出無限光芒。

萬事萬物，存在於世上，總有其意義，就看你如何對待。

回歸最基本

有時候讓自己回歸最基本、最簡單吧，不要把事情想得太複雜……

在網上看過這條智力問題——

小孩問大人：「怎樣將一隻長頸鹿放進雪櫃裡？」大人在想像怎樣把長頸鹿的頸扭彎時，小孩說：「打開雪櫃門，把牠推進去便成！」

小孩又問：「怎樣將一隻大笨象放進雪櫃？」當大人想答把大笨象直接推進去時，小孩說：「將長頸鹿拉出來，再將大笨象推入去！」

小孩再問：「森林中的萬獸之王獅子要開大會，哪一隻動物會缺席？」當大人苦苦思量，小孩說：「大笨象，因為牠還在雪櫃裡呀！」

人年紀愈大，受環境影響，思想會愈來愈複雜，很多時候看似很簡單的問題，都會用不同的常理去推測，結果我們會跌進自己的深淵中，不能自拔，令自己困擾不已。有時候就讓自己回歸最基本、最簡單吧，不要把事情想得太複雜。

上瑜伽堂有一個動作叫做「Happy Baby」，躺在地，兩腳朝天，再用兩手捉著雙腳掌。導師說，嬰兒最愛做這個動作，只是人長大了，忘記了自己的身體，忘記了上天給予我們最初的本能。

Jo 20200617

夢想與金錢

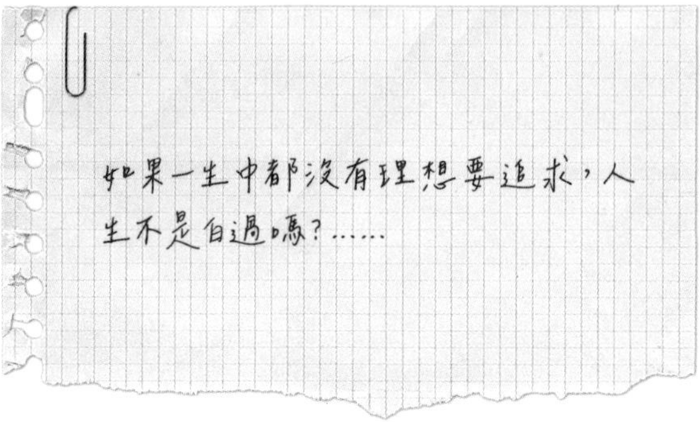
如果一生中都沒有理想要追求，人
生不是白過嗎？……

有一位長輩，見到甚麼東西，第一句都總是問：「是否很貴？幾多錢？」

價錢在他心目中佔很重要的地位。

我跟他說，不要一直用金錢去衡量一切，包括一件東西的價值，又或者認為一個人賺得多錢就代表成功，如果每一樣事物或者人都用金錢去衡量，會變得很沒意思。

也有一些人同樣地以金錢衡量是否值得去做一件事，例如跟我談論舞台劇，最關心的就是能否賺錢，如何糊口。

看著他眼中閃出可憐的目光，認為我們用那麼多時間，收來的金錢卻那麼少，絕對是不值得以及沒有效益的行為。

假如你跟他說滿足感是金錢買不來，他也未必明白，這個時候對話可以終止。

滿腦子以金錢為重的人，在他們心目中，夢想絕對是不切實際，腳踏實地賺愈多錢，能夠提升生活質素就愈好。

可是單單金錢就可以令生活更加充實及開心嗎？

快樂可以分成短期及長期，吃到一餐美食，住進豪華的酒店，可以滿足眼前的快樂，但這種滿足感不能持久。可是在工作上得到滿足感，或者能夠做到自己喜歡的事情，那種愉悅能夠植於心內，影響深遠。

金錢是否愈多愈好？

你看巴菲特以及周潤發就知道，他們都願意將部分財產捐出來。錢，夠便好了。當然每個人對於何謂足夠有不同的標準，但只要你定了一個合理水平，就不會永遠麻木地追求金錢，更會在適當時候，明白甚麼對自己才是最重要。而願意投放時間做別人認為沒有價值的事，這個時候白己才是最快樂。別人的眼光，管他的。

要堅持不著邊際的理想，在香港講求效率及金錢的地方，簡直是「撞牆」，可是如果一生中都沒有理想要追求，人生不是白過嗎？

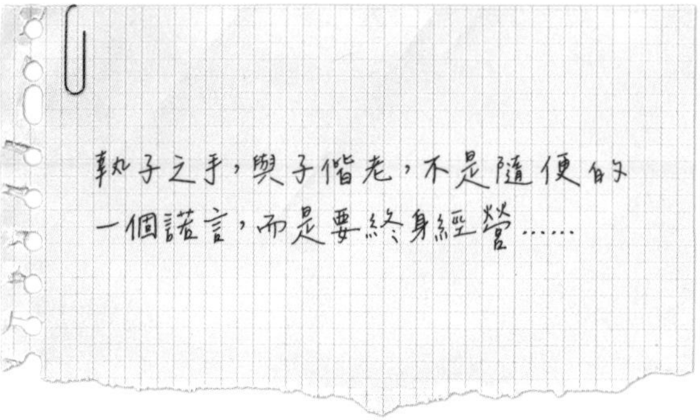
執子之手，與子偕老，不是隨便的
一個諾言，而是要終身經營……

何謂「幸福」

旅遊生活頻道「TLC」[1]有陣子是我很愛看的電視頻道，曾經播出一個節目，講述一家五口都是侏儒的生活。爸爸、媽媽及三個兒子，站在一起，畫面的確有些震撼。

太太生日，丈夫知道她很想擁有一輛開篷車，於是買下一輛，並親自改裝腳踏。由於他們的腳較短，所以要把油門及剎掣的腳踏加長。這個丈夫倒豎蔥地把自己倒掛在司機位置，用了一個多小時安裝，完成後把車停泊在車房，著三名兒子躲在那裡，待媽媽歸來時，一同給她驚喜。

這個溫馨場面，絕不在於禮物的價值，而是那份窩心的愛意。

這位爸爸教導兒子時說，一家人外表看來很特別，但這不是他們與別不同的地方，也不是應該著眼的地方，重要的是一家人互相支持，互相投入大家的生活，所以他們非常幸福快樂。

有些人一家健健康康，仍不斷抱怨，對大家有諸多不滿。看見這個侏儒家庭，會讓你知道何謂幸福。

這也讓我想起，曾經在家附近見到一對老人家，手牽著手行走，那種溫馨感覺，我望著他們的背影也深深感受得到。

1 | https://www.tlc.com

相隔一段時間，我又在家的附近碰上兩人，他們依然是手牽著手，看得我會心微笑。

一對男女，最初拍拖走在一起，總想盡辦法乘機牽著對方的手。第一次感覺對方從手指傳來的情意，那溫馨溫柔溫暖溫熱的傳遞，十分醉人。

當感情發展得如膠似漆時，更希望將對方的手握得愈緊愈好，生怕一甩掉對方的手，關係亦隨之而逝。

但兩個人相處得久，激情會轉淡，一切變成習慣，原本緊緊牽在一起的手，會慢慢鬆開，變成互不接觸，拉遠距離，甚至認為老夫老妻，拖手是很彆扭的行為。

執子之手，與子偕老，不是隨便的一個諾言，而是要終身經營。任何事情都要維繫，感情更加需要，稍一疏忽，失去了便很難追得回。但人就是如此懶惰，關係安穩後就將之前的信誓旦旦忘記得一乾二淨。

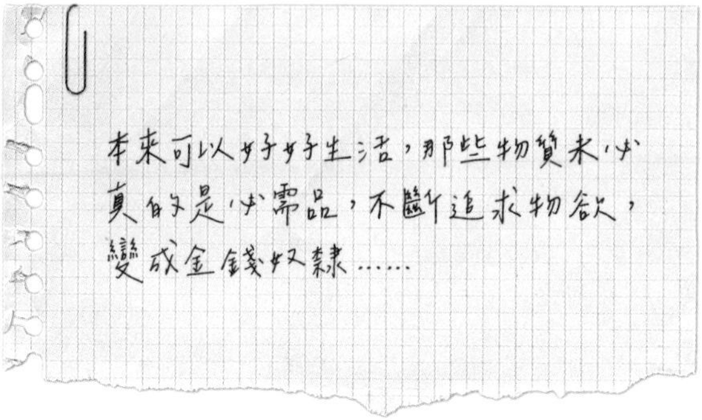
本來可以好好生活，那些物質未必
真的是必需品，不斷追求物欲，
變成金錢奴隸……

錢太多

一位老師與一位中四學生對談，學生說五歲便擁有自己的手提電話，目前擁有超過廿隻名錶。學生跟老師說，曾經因為好想更換一部手機，刻意把現有的毀爛。

老師問：「知唔知好多人好窮，根本無錢使？」

學生答：「知唔知好多有錢人，錢多到唔知點使？」

以上對話是真人真事。

多年前主持一個電視節目的論壇，議題討論香港是否有仇富的情緒。我相信一般人無必要、也沒理由地厭人富貴，但那些認為「有錢大晒」、揮霍無度的人，才是令人討厭。

新生代有些人特別「幸運」，處於無憂的時代，上一代父母的努力，讓他們生活無憂，毋用顧慮養家之餘，父母更為其鋪好康莊大道，物質供應應有盡有，甚至連樓房也準備好。孩子成長後，認為一切所得都是理所當然，不懂珍惜，遇有不順意時，就怪罪於人，永遠都不會認為自己有問題，因為他們不曾付出，不會明白，何謂世界艱難。

就算不是含著金鑰匙出世，物欲橫流的世界，也會讓人對金錢的價值扭曲。

「歡迎大家登上〇〇列車，列車上你可以盡情購物！」、「仲有卡數未找？唔緊要，慳到嘅錢，可以買多件衫！」……我真的非常討厭這類廣告！

上一代父母賒數，是為兩餐，是迫不得已。現今世代欠下大筆卡數，為的是滿足不斷的購物欲及物質享受。

很多人購物時，不理會銀行戶口有沒有錢，是否能夠清卡數，總之簽了名才算；月薪一萬多元的小職員，挽著幾萬元的名牌手袋；有人為擁有一輛汽車代步，不惜過度借貸，換來名貴跑車，令自己負債纍纍。這一切，都是為了滿足虛榮物質享受。

本來可以好好生活，那些物質未必真的是必需品，不斷追求物欲，變成金錢奴隸。

養成先花未來錢的習慣，只會跌進萬劫不復的地獄。

香蕉是一片片

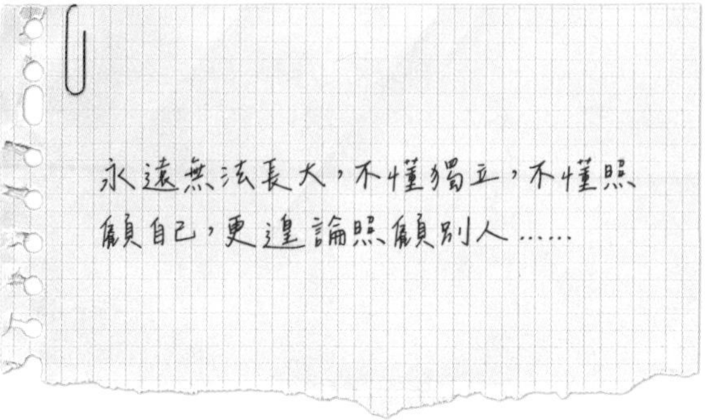
永遠無法長大，不懂獨立，不懂照顧自己，更遑論照顧別人……

到朋友家裡寒暄，她一歲大的小朋友不斷哭鬧，由於她的兒子喜歡吃香蕉，於是便隨手拿了一條香蕉，剝去蕉皮，餵給小朋友吃，可是小朋友怎樣也不肯吃，這位媽媽忽然想到，每次兒子吃的香蕉，都是由工人切好一片片，所以兒子一直吃到的香蕉都是一片片的，一時間，兒子連自己最愛吃的食物也認不出來。

由傭人帶大的孩子，只懂得有甚麼事就叫「姐姐」幫忙，家裡的廚房絕對是禁地，因此才有學生在學校露營時，可以整包即食麵，包裝袋也不拆掉便完完整整地放進沸水裡煲。

聽過一位老師分享，帶中學生出外地遊學，學生在酒店房間不小心把咖啡倒在心愛的衣裳上，老師著學生到廁所用酒店的肥皂洗擦，學生從廁所走出來，抱怨酒店的肥皂完全不能起泡，老師走進廁所，哭笑不得，原來學生連包著肥皂的膠膜也不懂拆掉。

另一位老師說，帶小學生到野外宿營，教導野外求生技巧，其中一個八歲的小學生顯得很不耐煩，嘀咕為甚麼要學習這些東西，學生跟老師說：「爸爸的房子及店舖，將來一定是留給我，我哪需要野外求生？」老師傻了眼。

家長對小孩呵護備至及疼錫是很應該的，可是過分的呵護，反而令他們永遠無法長大，不懂獨立，不懂照顧自己，更遑論照顧別人。

有朋友也察覺這個問題，辭退傭人，讓已經成長的兒子，自己照顧自己，希望他將來畢業，找工作面試時，不用媽媽陪同。

不是所有父母都有先見之明。在網上看到一則招聘廣告，令我為之咋舌。

誠聘家庭教師——負責小朋友由起床到送上學的一切生活細節、教育及照顧，密集式上數學、英文、普通話，督導小朋友練琴，兼要管理傭人的工作進度。目的是要提高小朋友的自理能力、禮貌及服從性。入職要求是曾任幼稚園教師、修讀兒童心理課程以及八級鋼琴，要有老師的威嚴。

這則廣告是在招聘家庭教師嗎？我還以為是在招聘家長，除了小朋友的功課外，還要負責管教工作及起居細節，這不是家長應有的責任嗎？讓我想起當年訪問林以諾牧師時，他說很多人搞錯價值觀，將最好的物質給予子女，滿以為這樣子女就會開心快樂，可以在無愁無慮的環境下健康地成長。

這些家長忘記了子女最需要的，其實是父母的陪伴，小朋友缺乏父母的愛，就算擁有皇宮式的住所，最好的玩具，也只會落得一顆寂寞的心，更不要期望他們會自動學懂禮貌及正確價值觀。人與人之間的相處及關懷，才是最無價。

未必每個人都有父母鋪好康莊大道，這個年頭的年輕人也有其苦處，不是處身八、九十年代經濟起飛的黃金時代，向上游的機會比起那些年相對少，承受的壓力也比上一代人辛苦。

見到還有創意打拚的年輕人，特別要支持，也暗暗叫句：「加油！」

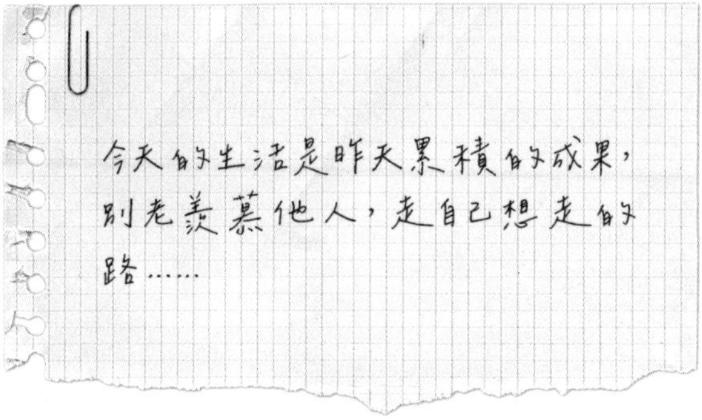
今天的生活是昨天累積的成果，
別老羨慕他人，走自己想走的
路……

計劃不計劃

兩位朋友，對金錢觀念完全不同。

一位是「搵幾多用幾多」，這邊廂收人工，那邊廂就買心頭好、請客食飯，好像錢留在銀行多一陣子會變怪獸咬人一樣，結果「餐搵餐食餐餐清」，偶爾收入不穩定就努力張羅工作，難得這位朋友樂在其中。

另一位朋友則走另一極端，極愛儲蓄，賺十元一定儲起三元，定了每月基本支出後，無論當月收入多少，每月的支出大致不變，就算升職加薪，並沒有改變這位朋友的生活習慣，不會花費於名牌，飲食也相當簡單，加上稍為理財投資，結果累積了一筆可觀積蓄。

有些人從不理會明天，明日的事交給明天才算。有時候見到身邊的朋友，明明收入不算多，卻要追求時尚名牌，推出新一代智能手機就立即更換，口袋總不會多留積蓄。相反有些人因為性格、因為工作的關係，養成籌劃的習慣，甚麼都有一個大致的時間表，然後逐步跟著時間表完成手頭工作、計劃人生。

像上述所說的第二位朋友，未到五十歲已經基本上可以退休，生活不成問題，受到第一位朋友的欣羨。其實各有前因莫羨人，有些人在年輕時拚命工作拚命儲蓄，令自己尚健康時退休享受人生；有些人則享受眼前每一天，都是各人不同的選擇。今天的生活是昨天累積的成果，別老羨慕他人，走自己想走的路。

有規劃的人生是一種生活態度，不過近年的世界大變，讓一切的計劃都變得徒然，反倒讓更多人變得「見步行步」，顧慮不了太長遠的事情，這個時候，反而活好今天，明天的煩惱就交待明天才面對。

萬般帶不走

假如讓自己執拾物件，只容許一個小紙箱的容量，會留下甚麼東西呢？……

人的一生之中擁有過幾多物件？相信很多人數也數不清，尤其當你搬家的時候，望著一室的紙皮箱，驚訝地發現，怎麼斗室之內竟然可以藏有那麼多東西？

韓國劇集《我是遺物整理師》，每一集以不同的人物故事為中心，主角每次接到電話，就全副武裝出動，帶著不同類型的清潔工具，幫忙逝者執拾遺物，遺物整理師有條不紊地清理乾淨現場。

起初聽到這個劇名，想必是相當陰沉或者令人悲傷的劇集，看過後卻發現原來很溫暖，十分感人，其中一個原因是故事人物關係設定寫得很好，也充滿著愛，更讓你珍惜眼前人。

主角每次到現場，都會憑直覺揀選出死者最值得留下的物件，放進一個紙盒內，寫上死者的名字，然後想辦法交到親人手中，其餘所有東西都會運到垃圾場去。不禁反思，假如讓自己執拾物件，只容許一個小紙箱的容量，會留下甚麼東西呢？

曾經看過一齣紀錄片，兒子替獨居的母親執拾離世後家中的物件，兒子本來想將所有東西運回家中，後來猛然發現，回憶及思念已在心中，很多東西已失去存在的意義，最後他只留下幾件最有紀念性的物件，其餘全部扔掉。

人生在每個階段，總有很多物欲，要擁有很多東西，但無論如何疼愛，還是萬般帶不走，自己的東西在離開人世之後，大多會變成廢物，反倒是做過的事，曾付出的愛，會長留別人心中。

口吃的才能

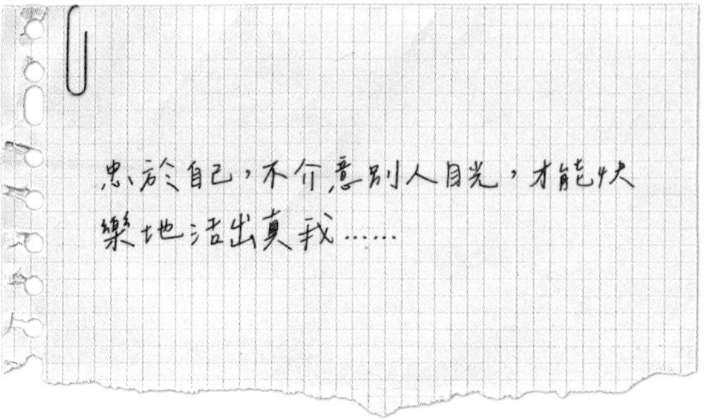
忠於自己，不介意別人目光，才能快
樂地活出真我……

看紀錄片，一位年過半百的巴西女人蘇珊娜，娓娓道來她的故事。

小時候因為口吃，被無知的媽媽強行拖去做手術，到底是甚麼手術我也很好奇，女孩驚慌不已，從醫院逃跑，並對母親說不介意別人怎樣看待，更不想改變自己。

蘇珊娜結婚後，丈夫出海捕魚，自己則替別人洗衣服賺錢過日子，生活清貧但快樂，她一直夢想要當廚師，苦待很多年，機會終於出現。

當地市政府跟她說，她居住的區域要進行維修工程，問她能否為維修工人準備膳食，蘇珊娜非常高興，向別人借錢購置煮食工具及食材，每天讓五十人填飽肚子。可是一個月後，工程完結，工人退場，她卻一毛錢也收不到。

這個打擊讓她重挫，深受傷害，發誓不再發廚師夢，不過上天好像讀到她內心其實不願放棄的聲音。

有一天，幾個薄有名氣的男孩，來到村莊為村內每間屋的外牆畫畫粉飾，他們問村民哪裡可以醫肚，村民介紹男孩們去找蘇珊娜，於是蘇珊娜為男孩們準備當地人熱愛的菜式——鮮魚摩加卡，這是利用棕梠油、椰奶及辣椒煮成，一盤色香味俱全的地道菜式捧到餐桌，質素之高，讓男孩們驚為天人。

男孩把消息放到網絡，瘋傳下，連遊客都要來光顧，結果蘇珊娜成為了當地有名的廚師。男孩們還為她的餐廳設計了一個招牌，叫做「蘇珊娜餐．餐廳」，用她的口吃來開玩笑。

蘇珊娜實踐了很重要的兩個「較」——「不計較」、「不比較」。

忠於自己，不介意別人目光，快樂地活出真我。

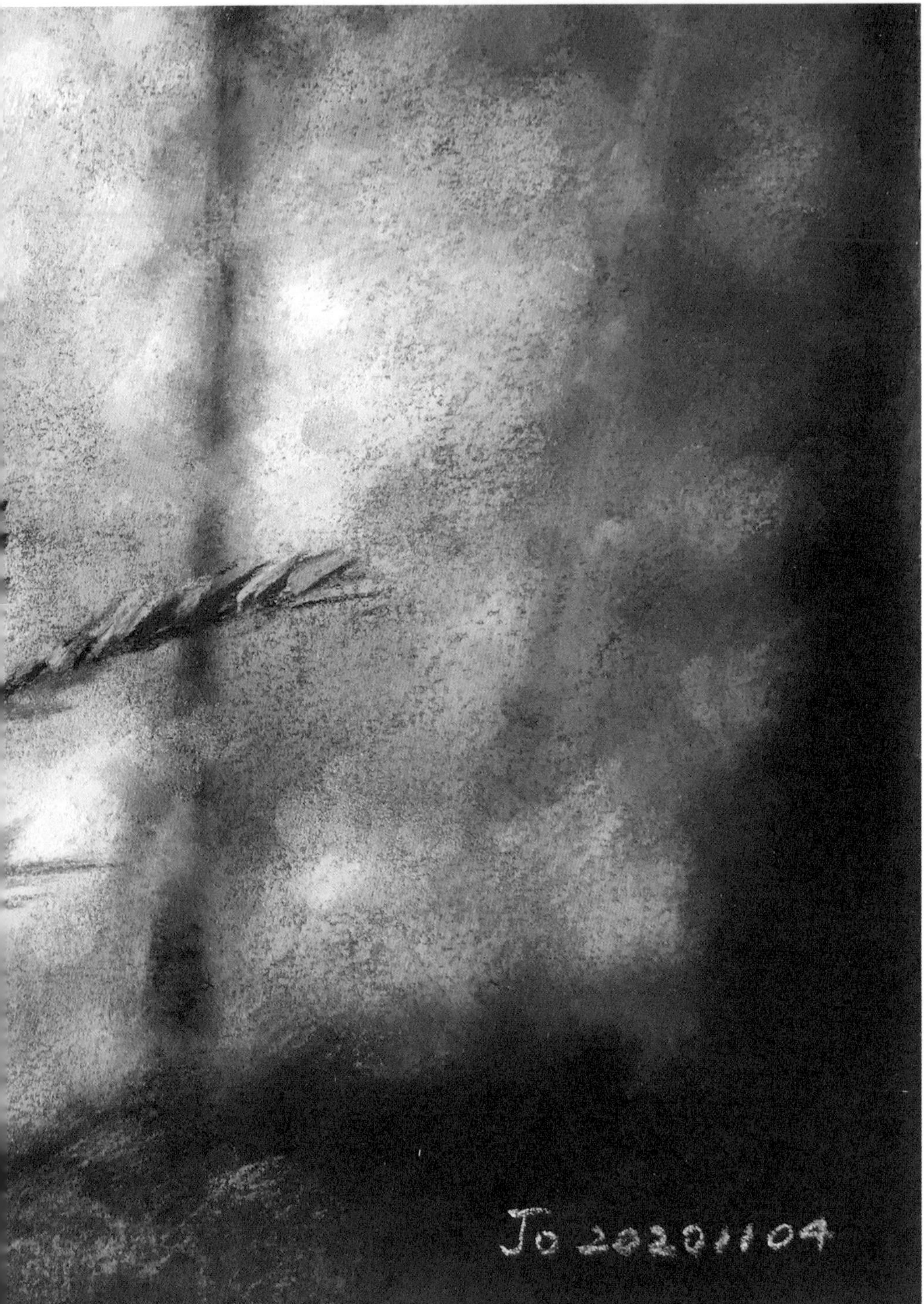
Jo 20201104

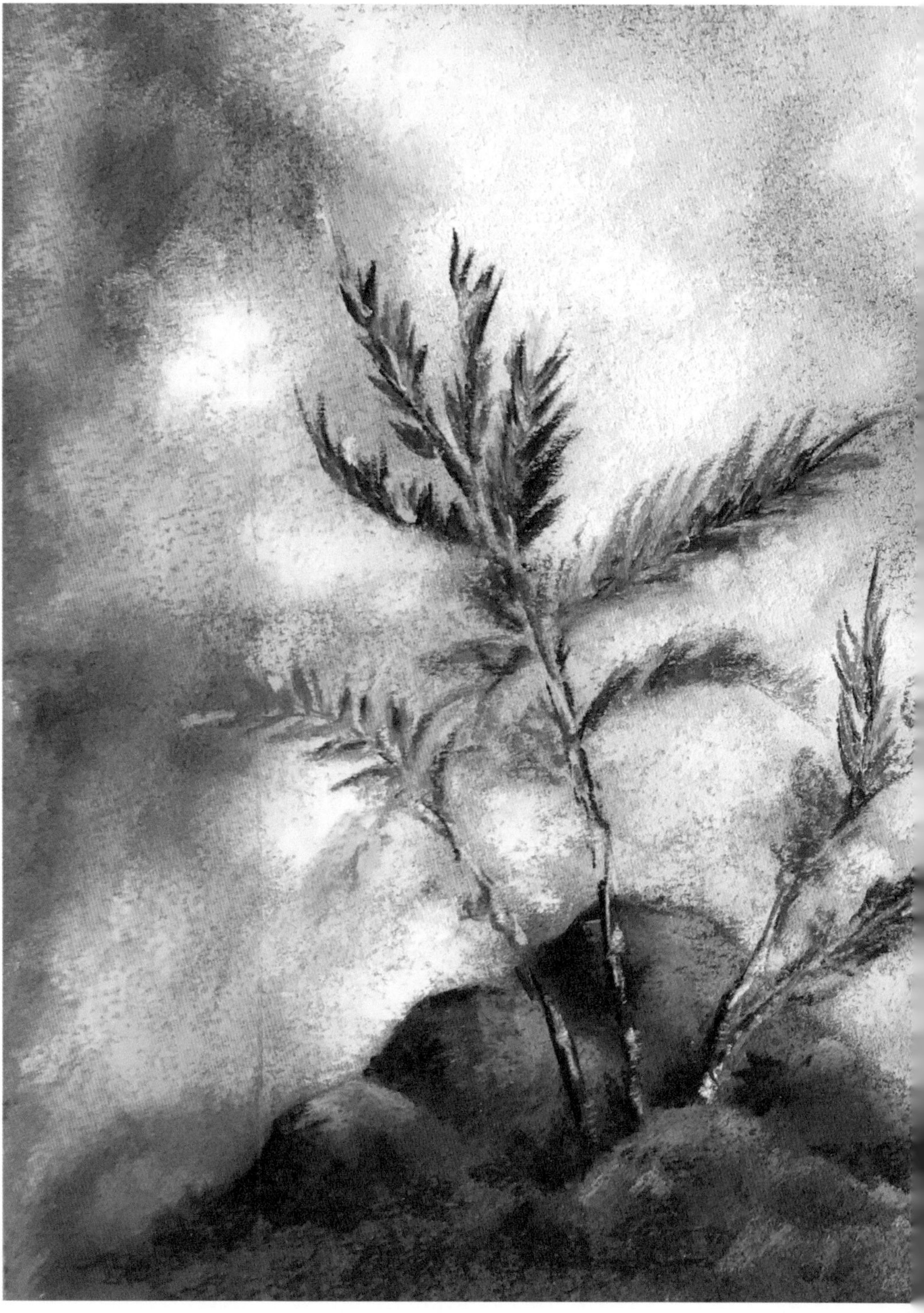

人生加減法

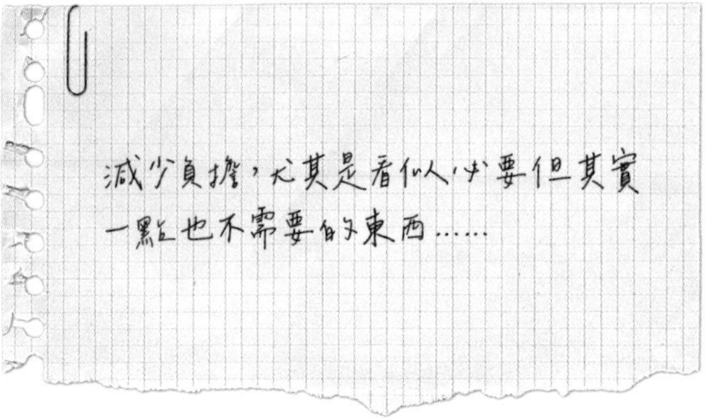
減少負擔，尤其是看似必要但其實一點也不需要的東西……

從小我們就被灌輸——好好唸書，將來找一份高尚職業，好好賺錢；而錢，當然是賺得愈多就愈成功。

很多人當賺到錢之後，隨之而來就是生活上的物質享受，原本光顧茶餐廳，變為高級食肆座上客；原本穿沒有牌子的衣服，變為戴上名錶或幾萬元的手袋；原本開一部二手車，變為駕著歐洲名車出入代步；原本住幾百呎的單位，變為搬到過千呎豪宅。這些人往往看似風光，卻是每個月都將薪金花盡，甚至入不敷支，背上一身債務。

每擁有多一件物品，就要花更多的錢去維持——名貴衣物要乾洗；名車要到原廠保養；大屋要多請兩個工人打理，水電煤及管理費都足夠一般人的房租……為了應付這些生活開支，於是要更拚命賺錢，拚命工作；結果，擁有的海景大屋，每每都是由工人享用。

看過一則笑話，一個遊艇主人感到最幸福的時候，就是買下遊艇，以及賣掉遊艇的那一刻，沒有包袱、沒有重擔，頓然輕鬆自在。

人很奇怪，年輕時，用健康賺取金錢，老年時，用金錢換取健康。

有朋友四十來歲已經不再為生活煩惱，因為他一直量入為出，也奉行簡樸節儉生活；相反有朋友雖然一直薪高糧準，卻在五十多歲仍然要為將來煩惱，全因過去「搵幾多使幾多」，毫無積蓄之餘，還欠下銀行大筆的樓按及車按。

減少負擔，尤其是看似必要但其實一點也不需要的東西。很多東西，不是愈多就愈好，學會甚麼叫足夠，尤其是外在的物質。人生要活得平靜自在，不在乎加，而在乎減。

家中小盆栽

每天早上醒來，或晚上回家，看到一室的植物，都會令我頓時心情開朗……

不知你有沒有擺設小盆栽的習慣？我很喜歡在家中及辦公室放置植物，在家中的窗台、書枱、客廳、廚房、浴室、睡房，都有大小不同，品種各異的植物，充滿生氣，令人精神爽利。

每天早上醒來，或晚上回家，看到一室的植物，都會令我頓時心情開朗。

每隔一段時間就會到花店逛逛，看看有甚麼時令盆栽，在挑選的過程中，已令我輕鬆舒暢，不願離去。

鮮艷的花朵或紅或紫、或橙或黃，哪有不令人心花怒放之理？

帶回家中，必能煥然一新。植物慢慢成長，就好像見證著生命的變化一樣，當有枯枝枯葉時，稍為修剪，灑水施肥，繼續快樂地生長，植物健康，自己也健康。

每次出外旅遊，一室十多株盆栽就要好好處理，我的方法是將所有的盆栽放在浴缸，然後放水至約兩吋水深，植物便會由盆底的洞慢慢吸收水分，回來時看見沒有一盆凋萎，又是另一種欣喜。

Jo190918

花開就會花落，每朵花兒都有其最燦爛美麗堅挺時……

紅花小石

農曆新年會買很多盆栽，窗台變身成為一個小花園。一個多月後，蘭花仍在健康挺壯地每天迎著朝陽，剩下來的花兒，還有那棵洋葵，依然燦爛地在微風中搖曳多姿。

洋葵是天竺葵屬的一種，是常年都會開花的植物，以春天時分最為盛放。其花束有點像繡球花，一球一球十分豐滿，家裡那棵是嬌艷的桃紅色，遠觀猶如簕杜鵑一樣美艷動人，十分耐看。農曆年開始時，本來只有一球花擎天而立，然後看見慢慢長出不同花束，先後有五、六球一起盛放，逗得人相當歡喜。

花開花落，洋葵的花朵凋謝後，花瓣散滿一地，仍是嬌紅。丈夫在盆栽旁邊圍著一堆一堆的疊石，他很愛這種玩意，利用小石頭的不同平衡點，將幾塊甚至十幾塊不同形狀石頭，堆疊起一棟一棟的小石群，很有禪意。散落的花瓣密密麻麻地布滿在石陣之中，相當詩意。

紅花小石，相映成趣，不知道為甚麼，每次見到都讓我想起黛玉葬花那個畫面。

「試看春殘花漸落，便是紅顏老死時，
一朝春盡紅顏老，花落人亡兩不知。」

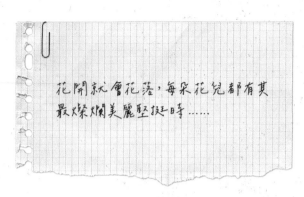

年少時讀《紅樓夢》，被大觀園的婆婆媽媽是非弄得團團轉，黛玉楚楚可憐，總是愁容滿面，弱不禁風，自是令人印象深刻，對於她的多愁善感也感到難耐，卻是賈寶玉情歸之處。

花開就會花落，每朵花兒都有其最燦爛美麗堅挺時，努力綻放，在世間留下動人一刻，視乎旁人有否錯過花兒的美意，就算花落散滿一地，也是另一種美。

IV. 生活之態度

堅持活出真我

「森林裡有兩條路，我選了人跡較少的那一條，人生從此不同！」……

西班牙的佛朗明哥舞（Flamenco）猶如西班牙瑰寶，那種熱情澎湃，觀眾被強烈感染，到西班牙旅遊特意去現場欣賞一場舞蹈表演，男的剛勁有力踏著台板，女的裙襬搖曳風姿，十分好看。

西班牙著名編舞及舞蹈家伊斯立．嘉凡（Israel Galván），最為人津津樂道是他在鬥牛場上獨舞，兩腳在競技場上踢起沙塵滾滾，配合燈光，無與倫比。可是在風光背後，卻是辛酸連連，他在國內被人威脅要打斷雙腿，父母幾乎要跟他斷絕關係，全因他的反叛創新，讓愛好正統佛朗明哥舞的人恨之入骨。

嘉凡的父母都是舞蹈家，可說是在胎中他已經感染了佛朗明哥舞蹈的威力，自小受父母栽培，加上其天分，五歲時已學會基本舞步，十一歲便到處公開表演，贏盡觀眾的掌聲，獲得不少打賞，但那時的嘉凡，卻認為沒有自由的跳舞是痛苦的。

這位舞者憑其精湛舞技，獲得不少獎項，可他也同時感到迷失，慢慢他希望跳出自己心目中的舞蹈，開始不斷探索身體跟環境的關係，將佛朗明哥的舞步變奏，甚至打扮成女人，將佛朗明哥的男女舞步演繹成雌雄同體，可是周圍的人卻認為他褻瀆了這種神聖舞蹈，父母傷心欲絕。

者。

嘉凡惟有出走，跨出海外，跳自己的獨有舞步，結果蜚聲國際，被譽為是佛朗明哥的頂尖舞者。衣錦還鄉時，父母重新接納他，國內也逼滿要看他演出的人。

美國詩人羅伯特．弗羅斯特（Robert Frost）曾經寫過一首詩，當中提到：

「森林裡有兩條路，我選了人跡較少的那一條，人生從此不同！」

假如嘉凡只是隨波逐流，可能他仍然是一位普通的舞者。要活出真正的自己，創出獨有的人生，只有憑著信念，堅持下去。

無論如何

> 社會存在不公平，但絕不能因為別人的不公平處事而動搖自己的信念，絕不能因此而被同化……

到社區與中學生對話，分享經驗，希望他們珍惜擁有的資源，不要視之為理所當然，更加重要的是要學會接受挫折，因為逆境，會令人更強。

有學生問，何謂「成功」？成功絕不是以金錢及地位來衡量，即不是你能賺多少錢，當甚麼職業，就為之成功。

每個人對成功的定義可以很不同，例如定下目標希望三個月內能夠練好彈奏一首音樂，結果達成，這算成功；希望在比賽中得到冠軍，最後只得亞軍，不過在過程得到另類體會，贏得尊重或友誼，最後也學會接受失敗，過程學習成長，這也算成功。

也有學生問，社會不是努力就一定成功，很不公平，會令人改變價值觀，那應該如何是好。我認同每個社會都會存在不公平，但絕不能因為別人的不公平處事而動搖自己的信念，絕不能因此而被同化。

對，努力的人不一定成功，但不努力，更加肯定不會達到目標，所以無論如何，仍然要堅持信念，相信自己。

生於馬其頓的德蘭修女，從小就立下意願要到外國傳教，二十七歲那年她決定終身成為修女，被派到加爾各答一間中學授課，後來當上校長，這所學校雖然處身貧民窟，但學生都是富家女子，與一牆之隔外的世界成為平行時空。

一天，德蘭修女坐火車到大吉嶺，在火車站見到一個乞丐不斷說：「我渴……我渴……」，感覺到神在召喚她為窮人服務，後來她在加爾各答為失學兒童籌辦一間露天學校，並創立仁愛傳教會，為愛滋病及麻風等病人提供住所，更成立「垂死之家」，讓快將死亡的窮人得到善終服務。

德蘭修女在印度住了大半生，做了不少平凡人做不到的事情，她有一金句：「不是我們所有人都可以做偉大的事情，但我們可以用偉大的愛做微小的事情。」每個人都付出少少，就成為很多，德蘭修女也曾說過：「當你甚麼也沒有，然後你得所有。」可堪細嚼。

在網上讀到一首詩篇，是歌頌德蘭修女，翻譯部分跟大家分享：

人們很多時都是不可理喻、不理性、自我中心。無論如何，原諒他們。
人們很多時需要幫助，但接受幫忙後卻反噬你一口。無論如何，幫助他們。
盡你所能付出所有，雖然永遠不夠。無論如何，盡力付出。
當你誠實及善心，別人會利用你。無論如何，保持誠實及善良。
如果你快樂，會惹人嫉妒。無論如何，要快樂。
你花上年月苦心建立及經營的事，別人一夜之間可以將其摧毀。無論如何，繼續創造。
你今天做的好事，往往日後都會被遺忘。無論如何，要做好事。

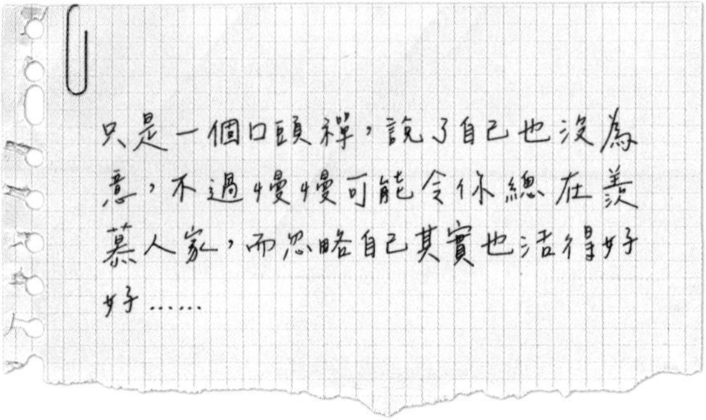
只是一個口頭禪，說了自己也沒為意，不過慢慢可能令你總在羨慕人家，而忽略自己其實也活得好好……

要戒掉的口頭禪

如果細心留意一下，不知大家會否發現，很多人都喜歡說：「你就好啦！」知道朋友轉了新工，總是會說：「你就好啦！」；聽到人家去外地旅遊，又會很自然地說：「你就好啦！」可能這只是一個口頭禪，說了自己也沒為意，不過慢慢可能會令你總在羨慕人家，而忽略自己其實也活得好好。

當我發現我自己也慣性地說這個口頭禪後，也刻意戒掉，因為我明白到，各有前因莫羨人，每個人做到的每一件事，都要付出，他去選擇做每一件事，都經過爭取，不是天掉下來就會有。如果自己想有同樣的收穫，便要看看自己有沒有爭取。

總在羨慕其他人，會發覺自己愈來愈不濟，愈來愈比不上人，慢慢會愈來愈不開心。用心留意自己，其實也有很多別人沒有的東西，著眼自己也擁有的事，會發現自己擁有的，可能比別人還多，何必埋怨自己的境況而去羨慕旁人呢？

多跟自己說：「我都好好吖！」

另一個很要不得的口頭禪就是：「肯定唔得！」

以往將一個任務交給下屬，最怕聽到下屬的即時反應：「肯定唔得！」

多年前，轉職到新公司成為部門一個小小的主管，初到新地方，先要了解一切環境以及過往工作流程，發現一些很奇怪的問題，例如一些很簡單的工序，為甚麼要搞得那麼複雜；明明應該只要設置一些器材，就可以將工作事半功倍，於是問同事究竟，他們的答覆都是：「要改變，無可能㗎！」

又如我想改變慣例，今年另覓一個新場地舉行活動，或者改用另一種方法去做一件事，因循的下屬未開始接受任務，就會彈出一句：「肯定唔得！」

我一般都會輕輕跟他們說：「請你先試一試吧！」

不知道是否性格使然，從小到大，聽到「無可能」就有點不甘心，我跟同事說：「未做之前，唔好輕易講無可能，認為無可能，就真係無可能，咁樣咩都做唔成。試吓先，未試過點知得唔得？」我總是鼓勵同事勇於嘗試，嘗試用新方法去處事，嘗試用新思維去發掘，就算最後失敗也不會責備，因為至少曾經嘗試過、努力過，也是一種體驗。以我的經驗，超過九成的事情，最後都能成功做得到。

人好容易對做過的事情養成習慣，然後每次照辦煮碗，最害怕就是改變。的而且確，改變會帶來不安，因為充滿未知之數，最安全的做法，就是以往怎樣做，現在也跟隨怎樣做，可是這樣一定萬無一失嗎？也不盡然，因為環境會改變，身邊的人會改變，依樣葫蘆每次一樣的做法，未必一定行得通，既然這樣，何不想想新的方法，可能會有另一番天地呢？

未做之前就採取放棄態度，否定其他可能性，就永遠不會有突破，永遠只會埋沒機會。多跟自己說：「未試過點知得唔得？」、「做人，千祈唔好講無可能！」

假如人生可以重來

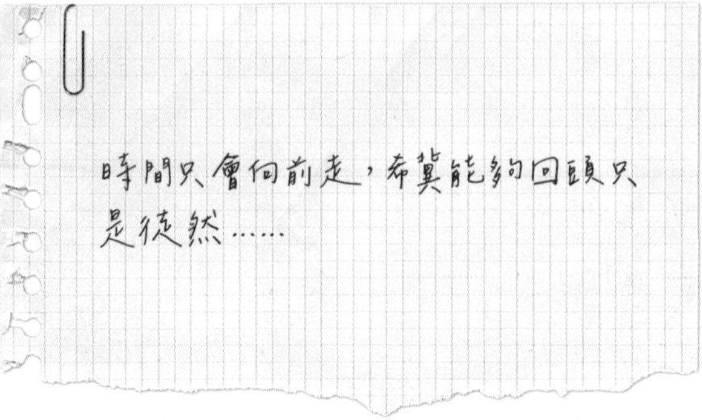

人生之中，總有太多的遺憾，總有太多的「早知就這樣做」的悔恨，「早知不選擇搭巴士」、「早知不說那句話」、「早知不接受這份工作」、「早知不跟你結婚」……偏偏做人就是沒法預知未來，永遠都無辦法「早知」。

前文提到要避免常說：「你就好啦！」、「肯定唔得！」，而第三個要戒掉的口頭禪，就是：「早知就〇〇〇！」

讀過一個故事。男主角有回到從前的能力，在太太死後，他決定返回過去，重新生活，希望可以讓太太逃過意外死亡。可惜結局還是一樣，男主角於是再度重返以前，過著第三世的生活，結果命運還是弄人。

可能是性格使然，就算可以重來，結果還是一樣。

假如人生可以重來，你會選擇從哪一刻再開始？

人生總有很多難忘快樂的時刻，也總有很多錯過及遺憾的事情，假若一切從頭再來，就是否一定盡如人意？

自己也曾經問過自己，如果可以選擇重過一段時光，會怎樣選擇？雖然有很多快樂逍遙的日子令人回味，但能夠重新經歷一次又是否好事呢？

就像第一次去品嚐上佳的懷石料理，第二次再吃同樣的美食，驚喜度肯定不及第一次；又如第一次到某個地方旅遊，縱使經歷是何等美好，下次再有假期，自然又會想另覓新地方探索。

時間只會向前走，希冀能夠回頭只是徒然。

生命的好玩，就是充滿未知，每一秒鐘都是新鮮的，每一秒過去後就成為歷史，沒有一秒鐘是完全相同，就算是重複的工作，當刻身邊的所有元素都已經不一樣，無法比較。

粗糙但彩色

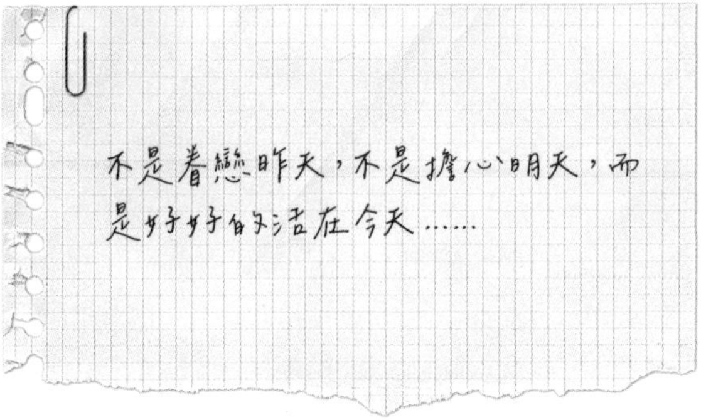
不是眷戀昨天，不是擔心明天，而是好好的活在今天……

看過一本書，書中作者形容自己過去的生活，細緻而黑白；現在的生活，則是粗糙但彩色。

作者說以往穿著漂亮的衣飾，出入豪華的辦公室，一切都細緻有序，可是做著的卻是自己無法上心的無聊事。現在投入自己真正喜愛的事情，生活變得粗糙，不再穿著光鮮衣服，不再有亮麗的辦公室，但生活卻是寫意又充滿色彩。

這讓我想起二〇〇九年的印度電影《作死不離三兄弟》(*3 Idiots*)，其中一幕印象特別深刻。

朋友問主角藍丘：「我很努力付出，為甚麼我的工程科目總是考包尾，而你卻能考第一？」

藍丘回答：「道理很簡單，因為我愛工程學，而你真正熱愛的是攝影。」

人生在世，幾十年很快會過去，工作時間去佔人生一大半，假如是自己不喜歡甚至覺得無聊的事情，日子只會蹉跎過去，一點意思都沒有。

假如你還有選擇，勇敢向現實說不吧，要實踐理想，比你想像中簡單，只要勇敢的踏出第一步。

Love the life you live.
Live the life you love.

這個故事還有下文。

另一個朋友問主角藍丘：「那我呢？我很愛工程學，為甚麼成績同樣差？」

藍丘說：「因為你每天只用精力去擔驚受怕，根本不能好好享受，活在當下。」

有時我在欣賞戲劇演出時，會突然魂遊，劇情一下子就晃過，追也追不回；有時處身風光明媚的小島時，卻為明天的工作擔憂起來，這樣便錯失了欣賞當下風光的樂趣。

丈夫有一個哲學，經常提醒我，就是別為過去的事情可惜，更別為未發生的明天擔憂。假如人只顧後悔過去沒有做甚麼，然後又擔心明天應該怎樣辦，結果每一分秒，都沒有好好享受，好好利用。

不是眷戀昨天，不是擔心明天，而是好好的活在今天。今天活得好，明天自然就會好，因為明天是今天的累積，如果你每天都好好的活，明天怎可能會不好？

擠顏料

人的潛能，就如擠顏料一樣，有超乎想像的可能，就看我們有沒有盡力……

小時候上美術科，第一次擁有一盒水彩，相當興奮。一盒水彩很貴，得來不易，一支一支像牙膏的顏料，用到幾近耗盡前，會想盡辦法，擠出仍藏於內的微量顏料，絕不輕易也不捨得就此掉到垃圾桶。

方法自然是多擠幾下，總有一些顏料可以跑出來，到再擠不出時，用一枝牙籤將藏在出口內的顏料挑出，那又可用多一、兩次。這個時候應該要丟掉了吧？

不！還可以剪開底部，擠的方向則改由上而下，又可以擠出多一、兩次的用量。

夠了吧？功成身退嗎？

不！還有終極一招，由底部斷口處向上剪開，翻開包裝，內藏的顏料便全數呈現在眼前，雖然已所剩無幾，卻仍可以用。

窮則變，變則通。以前因為窮，便得想盡辦法去節省，不浪費，現代的我們，物資太豐富，容易養成隨便與不懂珍惜。

人的潛能，就如擠顏料一樣，有超乎想像的可能，就看我們有沒有盡力。不要低估自己的潛在能力！

暴風雨後總有晴天

「人生的下一秒並非你不知道的黑暗，而是你想不到的陽光。」……

香港幾乎每年都有颱風來襲，有趣的是，有時候睡前懸掛八號風球，但一覺醒來，所有暴風訊號都已經解除。第二天不但沒有狂風暴雨，天空還竟然放晴，往後幾天，空氣清淨，好像一點懸浮粒子也沒有，日夜風景都是高清，令人心情特別暢快。

享受這樣的美景之前，要忍受狂風帶來的暴雨，讓雨水清洗所有塵埃。暴雨總會有停止的一天，雨下乾了，自然會有晴天。

二〇一一年的美國電影《翻身動物園》(*We Bought a Zoo*)，故事描述主角傾盡家財心力，用了很多時間修建廢置的動物園，過程歷盡挫折，開幕前一星期，卻天天暴雨，上天好像在跟他們說：「放棄吧！」

他們懷著掉到谷底的心情，咬緊牙關，堅持第二天要開幕。這夜狂風暴雨一直沒有休息，到了第二天早上，雨居然停了，太陽終於肯探出頭來，那一刻，我的眼淚也不禁流出來，為主角終於捱過所有風雨而動容。

就像要享受高山上一望無際的視野，就要先經過努力艱辛的爬行，一步一步慢慢走到山上頂峰，途中可能會感到很辛苦，想到要放棄，但只要跟自己說，捱過這一段就到終點。

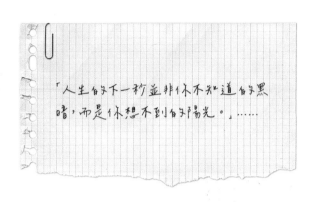

讓我想起一本書，是日本漫畫《麵包超人》的作者柳瀨嵩所寫，他在年青時一直想成為出色的漫畫家，直至六十多歲，打算退休之際，創作出「麵包超人」，當時很多人認為讀者不可能喜歡，可是這個漫畫角色後來卻深受兒童歡迎，更紅透日本，令他一年比一年忙，到九十多歲高齡仍在創作。

柳瀨嵩的人生不是一帆風順——唸工藝學校時滿懷希望，戰爭卻令他甚麼夢想都粉碎；後來結婚，租屋的廁所連屋頂也沒有；拚命工作，甚麼都來者不拒，舞台監督、設計及編劇甚麼都做，做得有聲有色。計劃退休與太太共享天年，可是太太卻突然患上癌症，比自己早一步離去，自己晚年也經常進出醫院。

柳瀨嵩在《絕望的身旁就是希望》一書中表示：

「只要不放棄，人生的一切苦難都迎刃而解。」

「人生的下一秒並非你不知道的黑暗，而是你想不到的陽光。」

他這本書，讓你看到，甚麼是「活著就是精彩」。

左思右想得太多

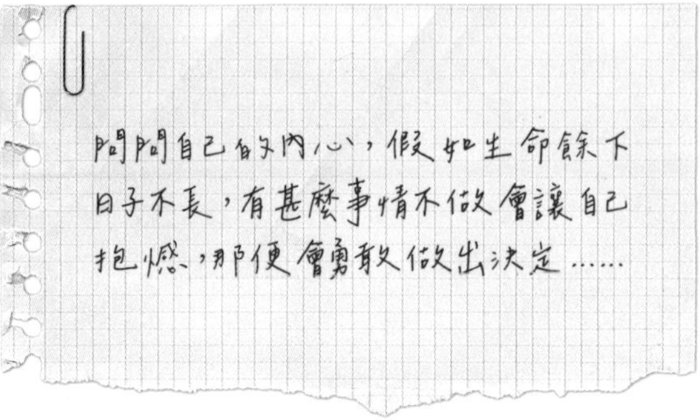
問問自己的內心，假如生命餘下
日子不長，有甚麼事情不做會讓自己
抱憾，那便會勇敢做出決定……

在書本看到這樣的一個故事——從前有條非常聰明的蜈蚣，看到遠處的桌面有一隻死掉的蟋蟀，聰穎的牠努力思考計算，到底應該從桌子的左邊還是右邊的桌腳爬上去，接著牠又盤算，到底應該是先跨出左邊的腳，還是右邊的腳。

蜈蚣受過數學訓練，所以牠有能力計算出所有的可能性，當謹慎列出最慳力及最短的途徑後，牠終於邁出第一步，可惜由於牠太過專注於思考，結果所有的腳都糾纏在一起，最後無法動彈而活活餓死了。

人生在每一個階段都會遇上不同的交叉路口，每次都總要在兩者之中抉擇，甚至在數個方案當中周旋，每每都要思前想後，列出每個選擇的好處及壞處，衡量輕重，繼而作出決定，經歷這番思考之後，會讓人感到作出的抉擇經深思熟慮，理應有最好的結果。

可惜世事往往是人算不如天算，以為自己考慮周詳，滴水不漏，卻原來仍然有很多始料不及的事情發生。而且經過理智計算，卻忽略了情感的考量，最後才發現，未必是自己最想要的東西。

人愈大，包袱愈多，每每做決定已不像年少時候，「有前無後，打死罷就」，往往容易裹足不前。

過多的考量，過多的計算，反而會錯過很多機會，因為世事不是數學算式，單單用加減乘除就能計算出結果。

很多人認為人生是加法，甚麼都是愈多愈好，錢賺得愈多愈好，擁有的物質愈多愈好；其實最美妙的人生，是減法，愈少愈好，行裝輕鬆，走在人生路上，舒適寫意。

擁有的一切，夠就好，何謂「足夠」？因人而異，但一定不會是愈多愈好。

自己有一個不二之法，作出選擇時，都會問問自己的內心，假如生命餘下日子不長，有甚麼事情不做會讓自己抱憾，那便會勇敢做出決定，無論如何，聆聽自己內心才是最重要。

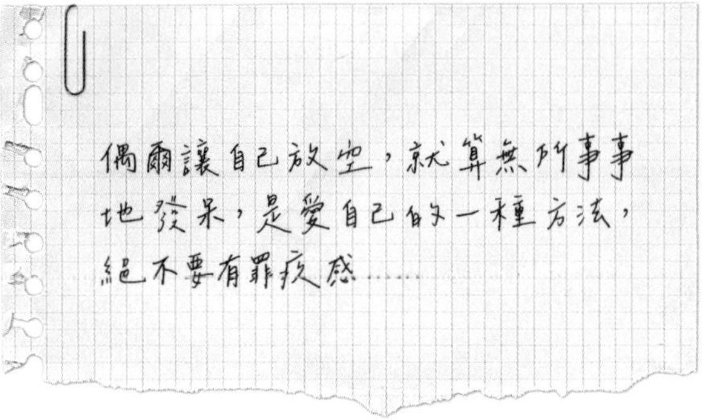
偶爾讓自己放空，就算無所事事
地發呆，是愛自己的一種方法，
絕不要有罪疚感……

放空讓腦袋輕鬆

自己屬於停不下來的人，一旦進入工作模式，腦袋就會不斷轉動，思考還有甚麼工作未完成，能夠將清單上的項目逐個刪掉，也有快感，只是腦袋停不下來，有時久久都未能入睡，左思右想，影響睡眠質素，不是好的習慣。

曾經見過有一個「發呆」比賽，參賽者要在幾個小時內鬥呆滯，我肯定第一個輸，因為腦袋經常都好忙，就算上瑜伽課，在冥想期間也不容易集中精神，腦海仍然有不同的畫面，後來終於找到讓我放空的方法，就是畫畫。

幾年前見到朋友分享其粉彩畫作，十分欣賞，後來這位朋友決定開班當起導師，分享他自己研究的繪畫技法，起初我也只抱玩票性質，跟老師說只是來玩玩，平常不會有時間練習畫畫，醉翁之意在於到老師家中聚聚見面，同學中不乏退休人士，大家在上課之前先吃早餐，來到老師這裡會分享一些自家手作食品，聊聊天才開始上課，這種日子相當愉快。

後來回家也忘不了，會拿起畫筆練習。

在畫畫期間，精神完全放在畫紙上，拿起畫筆不停地畫呀畫，不知不覺幾個小時就過去，神奇地幾個小時期間完全沒有心神想其他的事，腦袋能夠真真正正地放空，十分舒暢。

畫畢，觀看自己的作品，自是另一番滿足。這本書內的所有插畫就是我的拙作，見笑了。

人不能沒有工作，但更不能沒有休息。

假如常常感到工作壓力很大，必須要尋找一套讓自己完全放鬆的方法。

對我來說，最好就是放幾天假到外地旅遊，真正忘憂。

沒法出行，拿起畫筆亂描一通，也是相當療癒。

偶爾讓自己放空，就算無所事事地發呆，是愛自己的一種方法，絕不要有罪疚感。

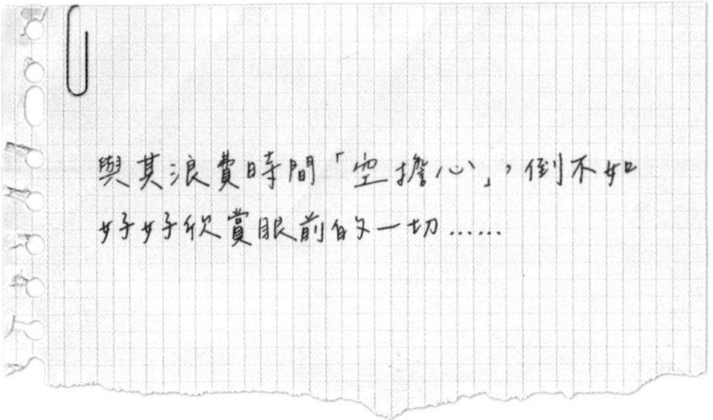
與其浪費時間「空擔心」，倒不如
好好欣賞眼前的一切……

下雨忘記關窗

你應該也遇過以下情況，忽然下大雨，此時想起自己出門前，忘記把窗門關上，你會否想立即跑回家關窗？

這個做法鮮會發生，因為通常在外都有事纏身，也不會專程老遠返家為了關窗。第一個做法不可行，通常就會有第二個情況出現，不斷憂心忡忡，擔心窗台的物件會被沾濕，擔心房中的床褥會被浸透，然後埋怨自己，甚或嘮叨身邊的人，為甚麼出門前不好好檢查窗戶，將一切後果無限放大，影響自己及身邊人的心情。

不過，通常會發生第三種情況，就是返回家中，發現一切安好，頂多有幾點雨水沾到牆上，家中物件甚麼事也沒有，最後發覺自己，空擔心了一整天。

自己經常犯這個毛病——「空擔心」。

回想過去，我們有多少「空擔心」的時刻？

公開考試放榜前夕，輾轉難眠，擔心自己成績不及預期，卻不會想到，等級已經印好在成績單上等候派發，任何想法都不會改變事實，當下的擔心根本沒用。

又或者有些人在出發旅行時，擔心飛行旅程是否安全，擔心訂的車子是否合意，擔心入住的酒店是否如照片中的舒適，結果一切的擔心都沒有發生，那豈不是白白浪費自己本來享受旅程的每一刻嗎？

就算不理想的情況終於出現，也只能應對，事前的無謂擔心根本不會有任何改變。

丈夫有一個很強的信念，未發生的事情，擔心也沒有用，真的發生時再想辦法應對，否則到最後，一直以來的擔心根本沒有出現過的話，就只是苦了自己在無謂的憂心。

與其浪費時間「空擔心」，倒不如好好欣賞眼前的一切。

一念之差，改變不了外在環境，就只能轉變自己心境，應對未知。

矛盾取向法

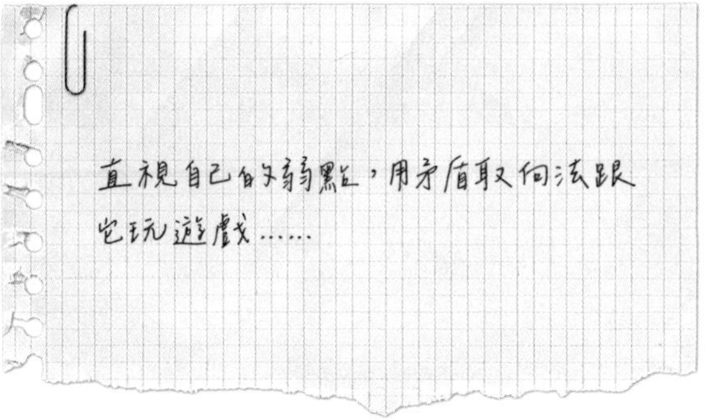

在第二次世界大戰時期，被關進集中營的精神醫學家Viktor Frankl，用自身的經歷及體會，寫出很有影響力的書本*Man's Search for Meaning*（中譯本《活出意義來》），透過他所創立的「意義治療法」，讓人懷抱希望及尋找意義，好好活下去。

他指出人對現實的畏懼，會有所謂「預期的焦慮」。

舉例說，有一個人每當要面對大批觀眾演說時，就害怕自己會臉紅耳赤，結果他一定會臉紅；相反強烈地意圖想要甚麼東西，反而容易使願望落空。

正是愈害怕一些事情會成真，愈會變成真實；愈過分想要得到，卻愈是得不到。

於是Viktor Frankl就發展出一種「矛盾取向法」來治療病人。

他舉出一個病例。有一位病人無論甚麼時候都會突發性地冒汗，這種預期的焦慮往往讓他愈不想流汗卻愈大汗淋漓。這位醫生教導病人，下次再無端冒汗時，要從容不迫地打從心底渴望展示給別人看，到底自己能夠流幾多汗。

這位病人在一星期後覆診，向醫生說當他再無端冒汗時跟自己說：「我打算再冒雙倍的汗！」結果一直困擾這位病人的問題，不藥而癒。

這種逆向思維，也要當事人有一種幽默感或自嘲能力才能成事。人的思想影響行為，愈往牛角尖去鑽，愈困在死胡同不能自拔。假如停止與自己的強迫思想作戰，透過諷刺的方法嘲弄一番，就能有效打破惡性循環，讓自己解脫出來。

直視自己的弱點，用矛盾取向法跟它玩遊戲。

人生確實要面對很多逆境及挫敗，透過自嘲，容易讓自己撐過去，放棄偏執，用完全相反的思維方式，頓然就會海闊天空。

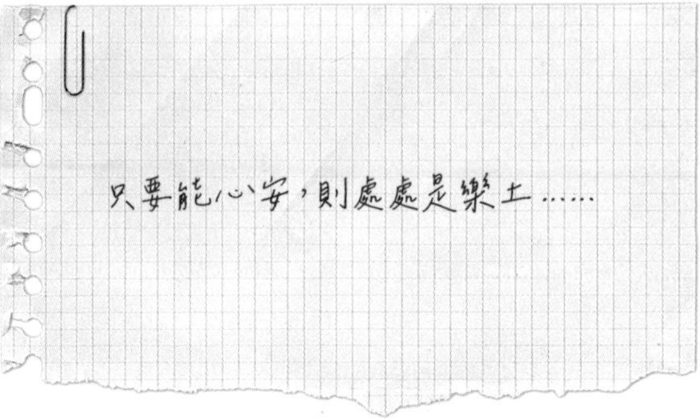

暴風雨中找安寧

在釋道吾寫的《禪悟》中看到一則故事——

一間美術學院辦了一個繪畫比賽，題目是「平靜祥和」。見到這四個字，自然會想起很多畫面——嬰孩在柔和的燈光下，於軟綿綿的小床中安靜地睡覺；黃昏的陽光灑進屋內的餐桌，桌面放了一杯咖啡，旁邊一個小樽插著鮮花，一個人手執書本悠閒地閱讀；晨曦的陽光從海面升起，照得一海金光燦爛，平靜的海面一隻小船在漂……凡此種種，都讓人有一種安全自在的感覺。

不少學生都交上自己的作品，有黃昏的森林，有寧靜的小河，有彩虹高掛天空，也有小孩在草地躺睡……院長品評每一幅畫作，最後挑了其中兩張。

一張是畫了連綿的群山，圍著一池碧綠的湖水，藍天及白雲反映在湖水中，湖的旁邊有一間小屋，開了一扇窗，屋頂的煙囪升起裊裊炊煙，一看這幅畫作就有一種恬靜安謐的感覺。

另一張畫面氣氛完全相反，幾座山，山勢嶙峋，天空烏雲密布，閃電劃過長空，暴雨及冰雹狂灑而下，乍看這畫，沒理由有祥和之感，仔細再看，險峻的岩石山縫中有一個鳥窩，小鳥安靜地躲在窩中觀看外面的滂沱大雨。

院長最後將冠軍頒給第二幅畫的作者，他解釋要得到寧靜祥和，未必一定要處於安逸環境，如果心不安，就算外在環境如何恬靜，置身其中也會感到煩躁，相反身處逆境仍能保持心中的清靜，才是寧謐的最高境界。

只要能心安，則處處是樂土。

心安，是一種心態，不在乎身處之地是否桃花源，在乎自己能否創造內心的安寧，不被外界困擾。

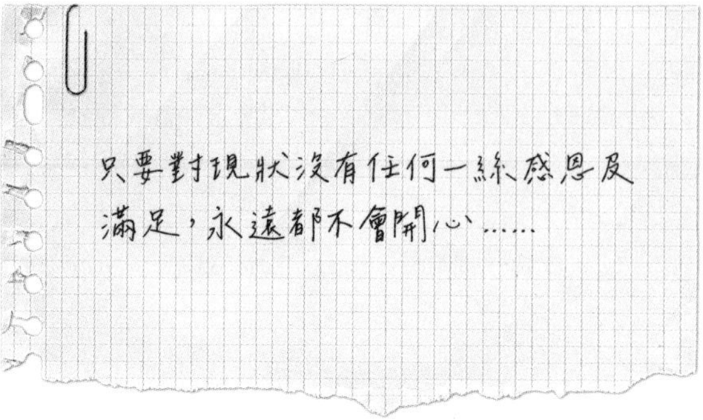
只要對現狀沒有任何一絲感恩及
滿足，永遠都不會開心……

三個願望遠離煩惱

忘記在哪裡看過一篇文章，故事大約是這樣——有一個男人，生活營營役役，上班受上司氣，每個月要跑營業額，回家又要聽母親及妻子互相投訴，子女進入青春反叛期，把他氣爆，每天過著這樣的生活，他的願望就是要找一個沒有煩惱的人間天堂。

這天，神仙出現在他面前，給他三個願望。

男人高興不已，立即許出第一個願望，要求神仙把他帶到一個人間樂土，神仙說世上根本沒有樂土，男人說，只要沒有挫敗，沒有財務壓力，沒有人事紛爭，讓自己安安靜靜，就是好地方。

神仙想了一想，問男人如果沒有壓力的日子，不用照顧父母妻兒，真的快活嗎？

男人毫不猶豫說這是他朝思暮想的生活。神仙施展法力，男人昏睡過去，醒來後發現自己在公園的廣場上，變成一尊石像，有意識，沒有壓力，男人在公園裡看著匆匆經過趕上班的人，面露疲態及愁容，慶幸自己不再有這種苦困，十分自在。

他重複看著每朝來晨運的公公婆婆、吵架的情侶、蹦跳的小孩，開始感到有點煩厭，於是要求神仙把他送到山林中，遠離人群，樂得清靜。

男人忽然處身山林高處，每日看著藍天白雲，鳥兒悠然自得，感到這裡就是人間天堂。

日復一日，男人開始感到意識模糊。神仙解釋說，這是因為他未經過修煉，身體機能會慢慢萎縮，直至變成石頭長生不死。

男人覺得沒有行動自由太過恐怖，又要求神仙帶他返回人間。

結局我改了，男人用盡三個願望返回起點，他並沒有因這樣的經歷而珍惜人間，繼續天天埋怨。

只要對現狀沒有任何一絲感恩及滿足，永遠都不會開心。

聚散

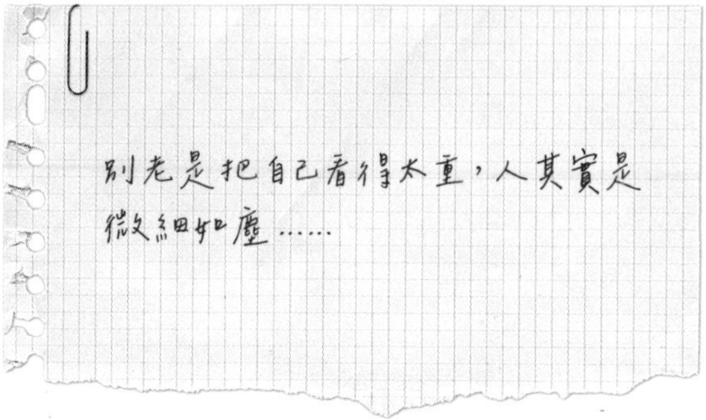

八、九十年代香港經歷一次移民潮，那個時候沒有甚麼大感覺，因為身邊沒有甚麼好朋友移民；估不到在有生之年，經歷第二次移民潮，這次影響很大，不少要好的朋友都遠走他方，生活起了翻天覆地的變化。

到加拿大及英國，探望展開新生活的朋友，大家都很熱情地介紹當地的生活，完全不一樣的環境，不一樣的生活方式，大家都在努力適應及融入，慶幸很多朋友都愛上新生活。

第一次擁有自己的小屋，第一次為全家人下廚，第一次體驗下雪，第一次開車好幾小時到國家公園露營，第一次經歷日晝極短的嚴冬，第一次體會不同文化的節日。

「我在這邊生活很好，你那邊又怎樣？」思鄉嗎？偶爾會失落，偶爾懷念以往不屑一顧的茶餐廳，點一碟乾炒牛河，一杯鴛鴦，讓味蕾的回憶湧現。

與朋友一起住上好幾天，朝夕相處，反倒是以前很少有的機會。有時候早上醒來，會懷疑到底自己身處何方，今夕何年何月，與朋友把臂漫遊，深夜舉杯聊天，突然一切變得很夢幻。

散聚的故事，順手拈來，很多人身邊總有好幾十個認識的朋友離開，是漂泊如浮萍，還是展開精彩新一章，視乎如何看待這突如其來的機遇。

別老是把自己看得太重，人其實是微細如塵。

一塊小石頭，放在手中，不會感覺有重量，假如一直緊握不放，一小時，一天，一個月，肯定會感到勞累，小石頭的重量會隨著年月增加，壓得透不過氣來。甚麼時候應該放手？捨不得的，是浮雲，還是愛？

世界忽然變得好大，認識幾十年的朋友，以往一個電話，相聚吃飯；如今，先坐飛機，再驅車好幾小時見面，互相問好。再別，緊緊擁抱，說聲保重，叮囑要生活得好，要快樂。

極簡主義

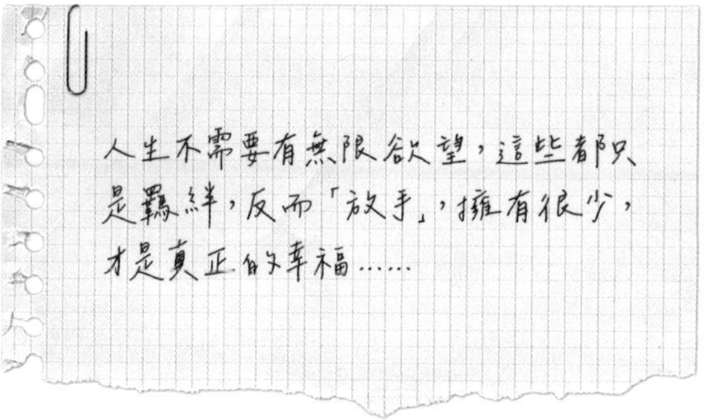
人生不需要有無限欲望，這些都只是羈絆，反而「放手」，擁有很少，才是真正的幸福……

生活愈來愈豐盛，擁有的物質愈來愈多，每天不同平台的廣告，不斷提醒你自己有多「不足夠」，你缺少甚麼，別人會認為你不入潮流，一定要得到甚麼，才會得到快樂。

慢慢我們失去判斷能力，分不出到底甚麼是「必需」，甚麼是「需要」，以為自己「需要」那些東西，卻原來根本不是「必需」。

美國有一位仁兄，年幼時家境貧困，父母離異，讓他想到唯一可以快樂，就是要賺很多錢，於是一心一意努力工作賺錢，用錢購買很多名貴汽車、衣服鞋襪，堆滿大屋，但同時也不斷累積債務。

直至有一天，母親去世，在清理媽媽獨居的屋子時，駭然發現母親擁有的東西，單是碗碟也有幾百個，過去六十五年的物品都藏於屋內，原本他打算召搬運公司，將所有東西運走，但那一刻他突然醒悟，這些物品都是過去，重要的是人不是物件，回憶不在物品，而是在心中，於是他把心一橫將大部分東西捐出去，讓原本塵封的物品賦予新生命。

根據統計，一個美國家庭平均擁有三十萬件東西，全都塞於住房內。這位仁兄意識到自己擁有的東西也實在太多，開始實行簡約主義。

首先在第一天，棄掉一件東西，第二天棄掉兩件，第三天棄掉三件，餘此類推。所謂「棄掉」，可以是捐贈或轉賣，結果日子有功，將家中不需要的物品清空之後，他感到前所未有的自由。他與朋友，在網上推廣「Less is now」，分享生命真正價值的訊息。

人生不需要有無限欲望，這些都只是羈絆，反而「放手」，擁有很少，才是真正的幸福。

曾經挽著兩個行李箱，到外地住了一年多，衣櫃抽屜都是空蕩蕩，整家屋的物品不多，衣服只有十多件，卻感到前所未有的輕鬆自在。

年紀漸長，我也不太著意別人對自己外觀的看法，反倒是自己舒服自在才最重要，不化妝以真面目示人。到底是人長大了，對自己的信心增強；還是人長大了，學懂了不要在乎別人目光？

我們往往都因為在意別人的看法而讓自己憂心。別人的一句說話，可能只是隨心而發，過後根本不會放在心上，反倒是我們日夜記掛，成為無謂的石頭。必須要時常檢視，將這些石頭從心中扔走。

V. 跌碰著上路

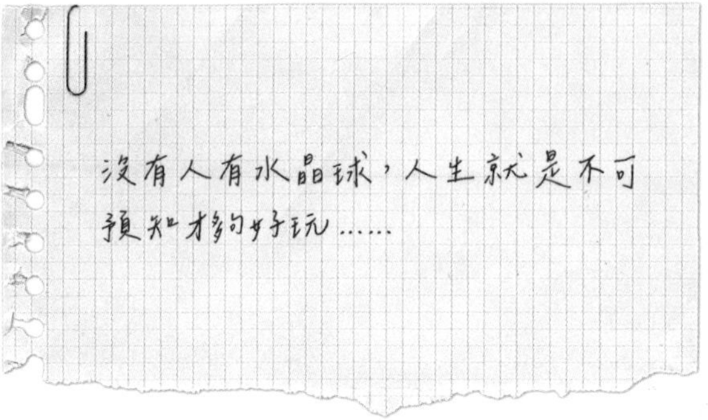

黑膠唱片廠的倒閉危機

七十至八十年代，是黑膠唱片盛行的時期，看著唱盤轉動，小心翼翼把唱針放下，發出嘶嘶噗噗的聲響，唱針在黑膠碟上微微高低起伏，轉出美妙音樂。自從ＣＤ出現後，黑膠唱片慢慢沒落，連帶製造黑膠唱片的工廠也一間一間的結業。

可是有一間奇葩，默默堅持，守得雲開見月明，後來更成為全球製造黑膠碟的超級工廠。

這間位於布拉格的工廠名叫ＧＺ。五十年代，捷克還是實行共產主義，製造的唱片也是為黨效命，一九八九年發生「天鵝絨革命」，結束一黨政權，唱片廠頓時失去國營經費支持，同時也遇上全球減少對黑膠碟的需求，製作量由每年幾百萬張，急速下滑至幾萬張，工廠面臨倒閉的危機。

工廠的負責人卻不甘於此，一直想辦法求存，終於等到黑膠潮流重現，全世界很多唱片公司都要靠這間碩果僅存的工廠生產黑膠碟，結果讓ＧＺ雄霸市場，在大量的機器及電腦技術輔助下，每日唱片生產量達到十萬張。有趣的是，工廠還有由前東德生產的古老手動壓機，專門製造特別限量版或特別形狀的黑膠碟。

潮起潮落，當一切走到過頭的時候，就會反璞歸真，重回基本，就像訴說萬物的循環周期。

英國偉大戲劇作家莎士比亞的名著《王子復仇記》，哈姆雷特發現自己父親被叔叔殺害，女友奧菲莉亞被她父親脅迫要退回所有情書，萬念俱灰之際，唸出傳頌萬世的經典台詞：

「To be, or not to be, that is the question.」

到底選擇繼續生存，還是尋死？到底一切應該怎樣做？

我們在人生中，無時無刻也會在「做抑或不做」之間糾纏，每一步的抉擇都會影響下一步的方向，骨牌效應下，讓人不得不審慎思考。年輕的時候，一切都輕鬆容易得多，勝在有青春，負擔也較少，有甚麼挫敗，大不了從頭再來。

到了成年開始有一點事業，組織家庭，要選擇放棄甚麼、爭取甚麼，機會成本就大許多，一切變得小心翼翼，薪高糧準，人就變得一點也不瀟灑。

我相信很多人每天心裡都有這句對白：「To be, or not to be, that is the question.」很擔心一子錯滿盤皆落索。

沒有人有水晶球，人生就是不可預知才夠好玩，每一步都是冒險，當慎思選擇後，就安心交給上天安排，最重要是對自己的抉擇，無怨無悔。

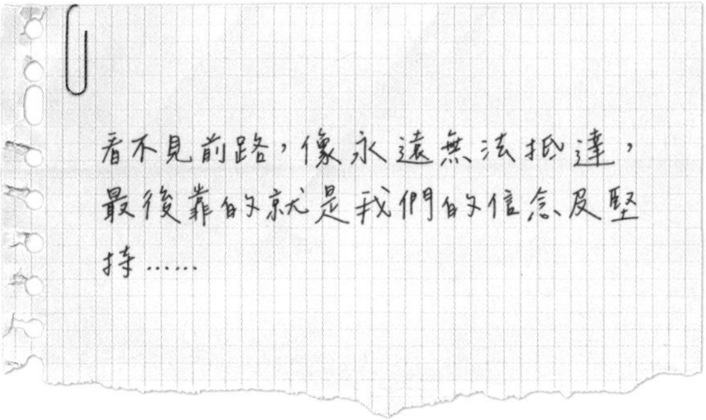
看不見前路，像永遠無法抵達，
最後靠的就是我們的信念及堅
持……

可能只差一小步

我愛在床頭放一、兩本有關心靈小故事的書，如果當天有甚麼不順意，看一、兩篇文章，好讓自己忘記挫折，安心睡覺。有時看到一些探險節目，也會令自己振奮。

看過一齣紀錄片，幾位外國人計劃用八天時間，徒手爬上位於北極的一個山峰，日間利用繩索輔助在懸崖慢慢爬，晚上就將自己連人帶床掛在崖上睡覺，結果用了十六天，仍然未能攻頂。

糧食幾盡，又有隊友受傷，大家都討論是否要放棄，怎料當晚天空出現美麗的北極光，令他們精神抖擻，最後，在第十七天終於成功爬到頂峰。

另一批探險家則選擇探索地下洞穴，愈爬愈深，伸手不見五指，有時又會在狹縫中卡著，很多人在途中選擇放棄，因為不知前路還有多遠。

我們每天有時像在爬懸崖，看得見目標但似乎遙不可及；有時卻完全看不見前路，像永遠無法抵達，最後靠的就是我們的信念及堅持。

最終距離目的地，可能就只差一小步。

Jo 6.201

不可能的創舉

「我可以明天死，但今天一定不能死。」……

攀登世界最高峰珠穆朗瑪峰，是很多登山者一生的願望。珠峰高度超過八千八百米，要攻一座山已經不容易，有人更豪情地定下計劃，要攻破全世界十四座超過八千米的高峰，還要決心七個月內完成！

許下這個宏願，讓登山界人士目瞪口呆，只有瘋子才敢這樣說，所有人都異口同聲說不可能，他就將計劃定名為「可能計劃」，這位仁兄就是尼泊爾登山者Nirmal Purja。

紀錄片《14絕嶺：不可能的創舉》，收錄了這次壯舉。Nirmal出身非比尋常，曾經當過啹喀兵及英國海軍特種部隊成員，試過每日凌晨負重幾十公斤跑幾十公里，晚晚健身，在低氧訓練下騎單車，別人最多只能捱過幾十秒，他卻能應付三分鐘，難怪其中一次攀登八千米高山時，能夠將氧氣樽讓給缺氧的隊友，自己在稀薄空氣中捱過十多小時。

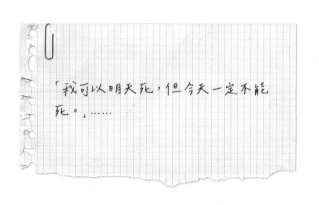

Nirmal矢志要在二〇一九年完成這個計劃，除了滿足自己，更大目標是讓全世界人知道尼泊爾人登山能力的強勁，要世人明白沒有雪巴人為登山者開路、扛行裝的話，任何登山者都無法成功，藉此要登山者記住他們嚮導的名字，而不單單是一個雪巴人。

怎樣能在七個月完成不可能的任務？他先組織隊友，位位都是尼泊爾登山者，別人還在努力爬珠峰時，他們卻在四十八小時內攀越了三個超過八千米的山峰，包括珠峰，可以想像他們速度有多快。別人在巴基斯坦屢試屢敗的K2山峰，他們不理其他人澆冷水，堅決登頂，結果成功之餘，其他人還能夠沿著他們固定的繩索達成願望。

平常人登山十多小時便筋疲力竭，Nirmal的團隊不止在氧氣稀薄的環境下勇闖高峰，還在成功登頂後，隨即下山，然後立即挑戰另一高山，這種體力確是驚人。要登世界高峰，所費不菲，單是裝備已經是一筆龐大開支，普通登山客到世界最高峰珠穆朗瑪峰，聘請一個嚮導大約要三至八萬美元，Nirmal組織的登山團隊，為了善待兄弟，付出比遊客更高的費用。要在七個月內攀登十四座高峰，花費絕對不少。

起行前，Nirmal四出尋求贊助，甚至在網上眾籌，換來卻是一鼻子灰，因為世人都有同一反應——根本不可能成功，怎會願意投資？結果，Nirmal押上自己在英國的房子，難得是有妻子無限量的信任及支持。

有了經費，也不代表就能成事。每次都要與時間競賽，每一刻都與死亡如斯接近。很喜歡他的精神，他每次都跟自己說：「我可以明天死，但今天一定不能死。」結果，憑藉信念，讓他們的團隊翻過每一座雪山。

來到最後一座，位於中國境內的希夏邦瑪峰，團隊的登山許可卻被拒，原因是政府要封山，眼見計劃只差一步就成功，這個可是晴天霹靂的消息。而Nirmal仍繼續抱持凡事皆可能的精神，四出游說尼泊爾政府官員向中國周旋請求，自己則在網上發動網友寫信給中國政府，多管齊下，結果奇蹟出現，團隊終於如願在時間表內成功登山。

人生，要抵達目的地，有時只是轉個彎，體能固然重要，打不死的意志，才是不二秘笈。

痛苦中發現潛能

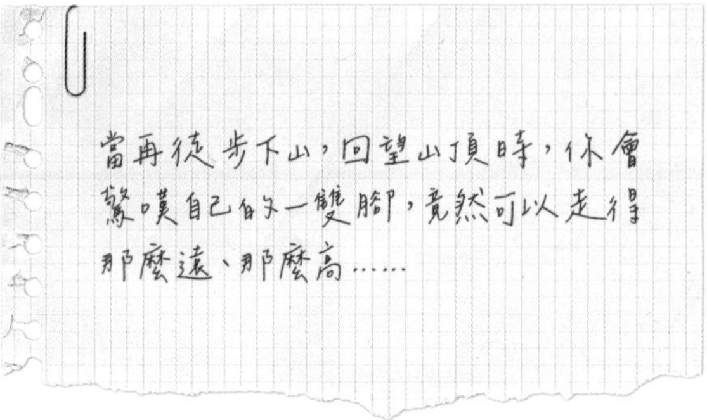
當再徒步下山，回望山頂時，你會
驚嘆自己的一雙腳，竟然可以走得
那麼遠、那麼高……

對於自己的一項潛能，是在二〇〇三年發現的。

我可能也和很多香港人一樣，在二〇〇三年沙士期間，才懂得到大自然尋找新鮮空氣，慢慢地便愛上行山這個運動。

行山時與大自然很接近，呼吸到清新的空氣，觀賞到美麗的風光，驚嘆香港竟然有著媲美外國湖光山色的地方。當細心欣賞時，又會發現很多標緻的花朵及有趣的植物，世界真的很美！

另一個我更喜歡的，是不斷向山上爬的痛苦感覺；對，就是那種痛苦感覺。痛苦過後，迎接你的是無邊無際的風光，腳底下的景物盡收眼底，那種滿足感，絕不是登上纜車抵達可以給予，付出過後得到的成果，更加甜美。

當再徒步下山，回望山頂時，你會驚嘆自己的一雙腳，竟然可以走得那麼遠、那麼高。

人本來跟大自然就很接近，只是現代化的過程，將人與大自然的距離愈扯愈遠，有了汽車代步，城市人步行五分鐘路程都會嫌太遠，結果人的體能逐步下降。

行山不斷鍛煉自己，也是保持青春健康的不二方法。

美麗360

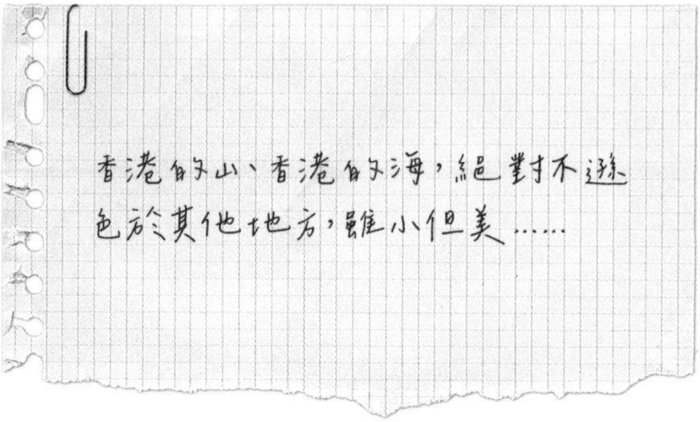
香港的山、香港的海，絕對不遜
色於其他地方，雖小但美……

從來未在香港行山的朋友，聽到鄰近國家的人，會專程坐飛機來健行，感到不可思議；而經常穿梭香港山徑的朋友，就對此毫不驚訝。其實香港的山、香港的海，絕對不遜色於其他地方，雖小但美。

在高山上極目遠眺，山巒層層顏色濃淡深淺不一，依傍的海水平湖如鏡；山林中聽著鳥兒哼歌，看著蝴蝶飛舞；山中的溪澗流水淙淙，暑熱時浸浸雙手涼快感覺直透入心。置身山裡，藍天碧海綠樹，定能帶來無限的撫慰。

香港人放假很喜歡到外地旅遊，卻很少想到探索香港，一個疫情，迫大家認識香港。

常說笑，遊客到一個地方旅行，逗留幾天，所到之處，可能是當地居民住了幾十年也沒有去過，因為遊客總希望用最短時間，遊覽最多的地方。我們在香港住了很多年，可能有很多地方都未踏足。

登山徑也有不同級數，低難度的不等於風景沒有特別，不過愈爬得高自然看得愈遠，位於西貢的蚺蛇尖，絕對是欣賞香港山與海的絕美地方。

站在山峰最高點468米，環迴360度的海景，舉目所見的連綿山脈，探頭望著山崖下的層層海岸線，碧綠的海水映襯著藍天，不禁發出連聲讚嘆，更慶幸自己那麼幸運，遇上很好的天氣，既不曝曬也有片片浮雲。

要欣賞這樣的景致得付出一定體力，從赤徑起步沿麥理浩徑二段攀到山頂，再從另一邊山脊落山，大約十四公里路程，無論上山或落山都很陡峭，上山路段不規則很高的「石級」，落山全是碎石沙路，經常都要運用四肢扶行，沒有一定登山經驗者絕對不宜硬闖。

第一次走上玉桂山，這個名字就算行山多年，我也從來沒有聽過。這是位於鴨脷洲上的一個小山丘，高度不到二百米，走到山頂，一邊遠眺南丫島，另一邊澎湃樓景就在腳下，360度開闊視野，是觀賞日落的好地方。

這一段上山路，對有行山經驗的朋友來說，相當輕鬆，但路徑絕不是家樂徑，要一直爬大級石階。到達玉桂山頂，可以穿過鴨脷排再到燈塔，這段路徑是相當陡峭的沙石斜坡，有一定危險程度，要有豐富行山經驗的朋友才能應付。

抵達燈塔，配以藍天白雲，以為自己置身日本海岸。

趁著大東山的芒草盛放，找一個平日，攻頂觀賞日落。大東山的英文名叫「Sunset Peak」，在這裡觀賞日落絕對是極佳地點，太陽在與大東山遙遙相對的鳳凰山背後徐徐落下，依山的海水漸漸塗上一片金黃，薄雲聚在山頭正好帶來一抹橙紅的霞彩。西山日落之後，回頭望望東邊，圓圓的月光已經高掛山頭。

西山日落東邊月，這種美景，讓人如斯難忘。

當天朗氣清，萬里無雲，走上山吧；當鬱悶愁眉不展，走上山吧；當煩惱事找上門，走上山吧；當能相約知己共聚，走上山吧。

夕陽的讚禮

香港美在有山又有海，不同形態的夕陽各有吸引力，大自然美景經常免費上演……

大自然創造的風景，充滿多元色彩——春天的五彩繽紛繁花似錦，夏天的蔚藍天空及碧海，秋天的銀杏跟紅葉，冬天的皚皚白雪紛飛，四時景色各有醉人之處。

香港比日本及韓國，四季不算特別分明，但相比新加坡及泰國，起碼還有季節之分，只是地球暖化讓冬季日子愈來愈短，衣櫃的大衣，一年也未必有機會穿上幾次。

在芸芸的景色當中，最愛夕陽西下，看上一萬次也不會生厭。每次的日落因應不同環境，不同天氣狀況而有所不同，看著太陽由刺眼金光，轉為柔和金黃，再變成圓圓紅色蛋黃，天空顏色由黃轉橙，偶爾塗上一抹紫紅，猶如水彩畫筆輕輕一揮。

在海邊觀賞夕陽，太陽慢慢跌入大海，有時候理性的腦袋提醒自己，原來是地球在轉動而不是太陽向下墜，再運用想像力想想自己腳踏的地球以龜速在轉。

喜歡爬上高山欣賞日落。有次去馬鞍山旁的彎曲山，出發時候天陰，沿路遇見落山的人，不約而同說山上濃霧，甚麼也看不清，我們則抱著隨遇而安的心情，最後無緣看到日落也是一種經歷。

站在山峰耐心靜待濃霧漸散，怎料不出十分鐘，腳底下的景色若隱若現，再耐心等候，太陽慢慢從雲中探出頭來，最後竟然見到雲海上的日落，令人連聲驚嘆，幸福地接收大自然送出的神奇禮物。

香港美在有山又有海，不同形態的夕陽各有吸引力，大自然美景經常免費上演，不用心抬頭欣賞，確是無比浪費。

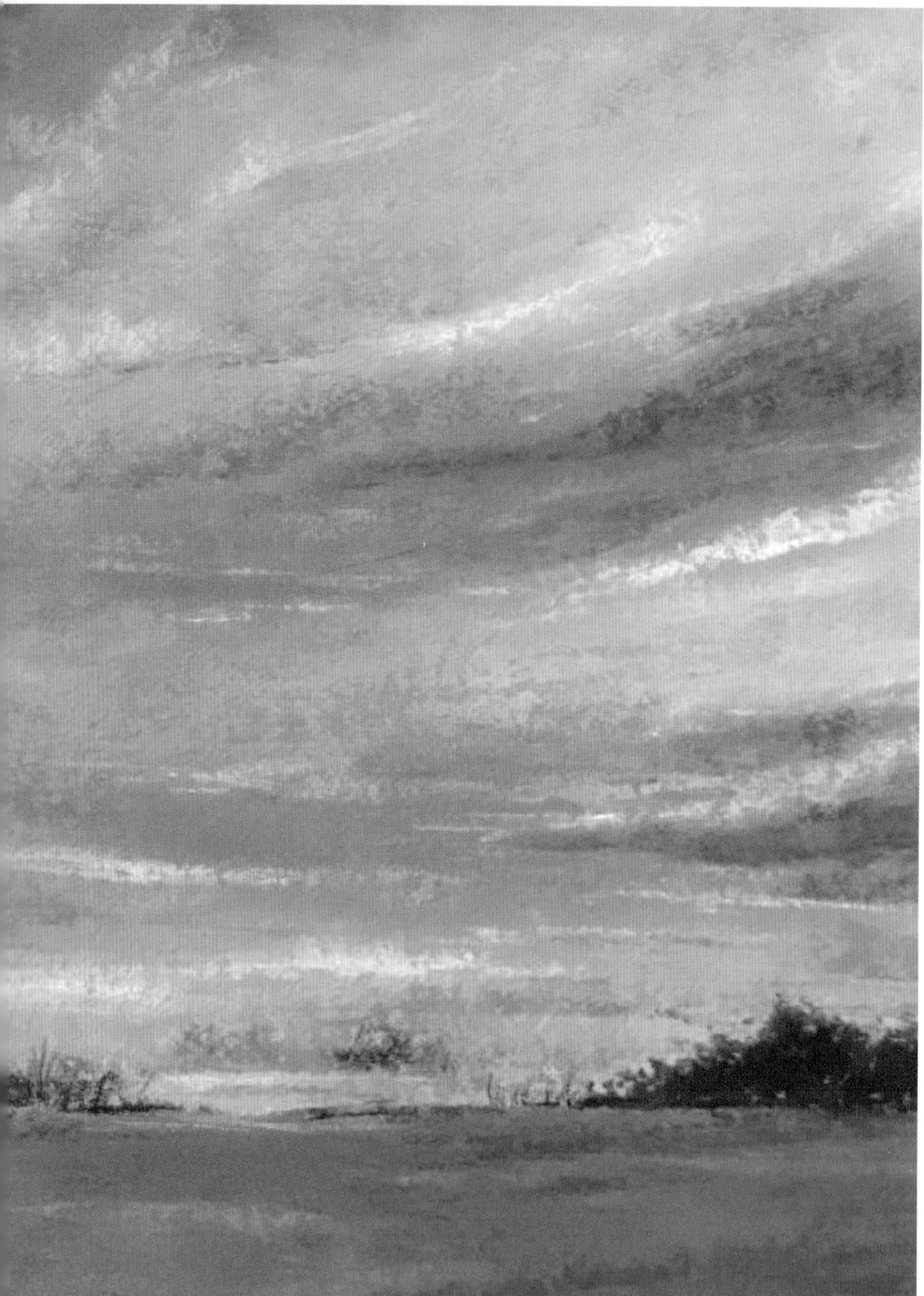

生活要多彎

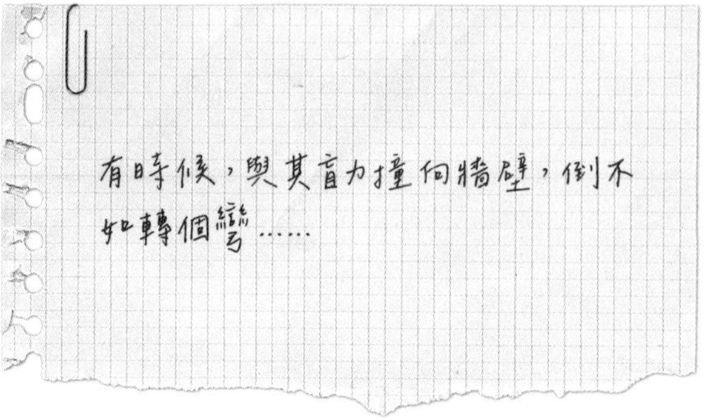

車子駛進延綿的山路，慢慢向上爬，沿著山坡建成的路，總是彎彎曲曲，呈「之」字狀，山愈陡峭，「之」字變得愈扁，在地圖看甚至像豬腸一樣，看見這樣的地圖，就知道那段路，一點也不好走。

到外地旅遊，偶爾也會闖進山區的道路，要從一個點到另外一個點，有時候要翻山越嶺，又越過高山又越過谷。車子沿著山邊，慢慢爬上山，到達頂峰，又緩緩貼著山崖，再往下衝，到達谷底，可能又要翻另外一座山，最後才能抵達終點。

山路蜿蜒曲折，每轉一個彎都要很小心，遇上俗稱的「手臂彎」，車子幾乎要轉180度，一直轉彎的時候，往往都不知道前面還要轉多少，轉完一個彎後另一個彎又迎在前頭，到達平地，在一條又直又開闊的道路上駕駛，突然感到豁然開朗，可以開得既安心又爽快。

人生道路也不是這樣嗎？總不會經常又直又開闊，反而很多時候都要爬坡，遇到突如其來的事情，就要轉彎，以為已經捱過了嗎？卻又會有另一個難題在前面，要腦筋急轉彎才能將事情解決。就這樣，經過很多個彎後，才會抵達目的地或者心中想要的風景，過程中是要有一點磨練，有一點難度，才會覺得山上的風景可貴。

假如車子只在又直又闊的公路，只管往前直跑，沿路風景一模一樣，沒多久就會打盹想睡，悶得發慌。有一年從洛杉機開車到拉斯維加斯，幾個小時都是一樣的荒漠，一樣的直路，一點趣味也沒有。

「今天正是昨天憂慮的明天」，當這一天到來，其實並沒有想像中恐怖，回想過去，可能很多事情曾經讓你不安，擔心不能把事情處理好，但當事情來到眼前又自然會有辦法解決，當然不是叫你甚麼也不做，只是當你已經盡力做好份內事，其餘的就交由上天處理吧。

生命有太多不可預期，原本計劃好的目標可能不斷有巨石阻礙前進，有時候，與其盲力撞向牆壁，倒不如轉個彎，說不定另一個更好的風景在等著你。

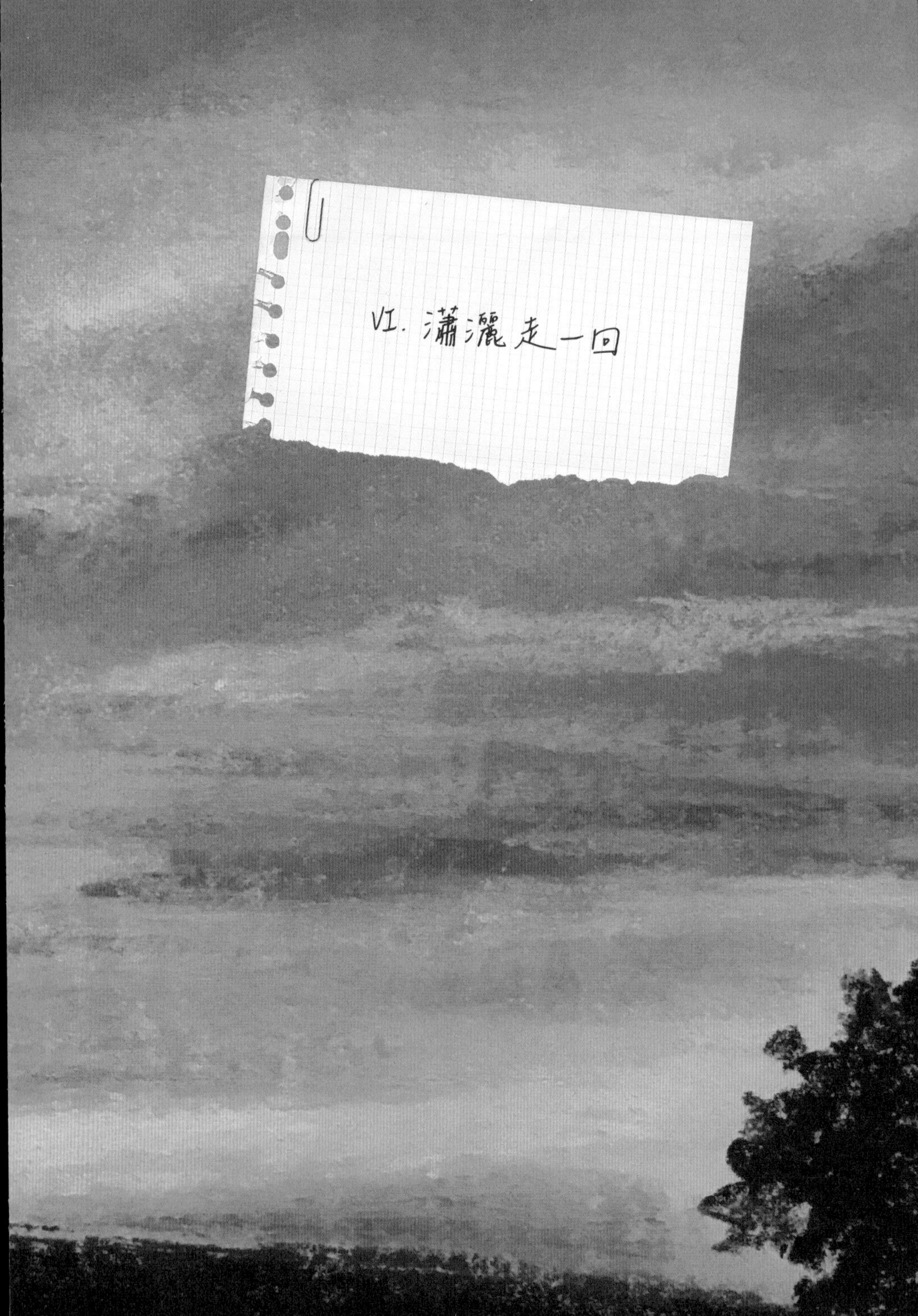
VI. 瀟灑走一回

Jo 191124

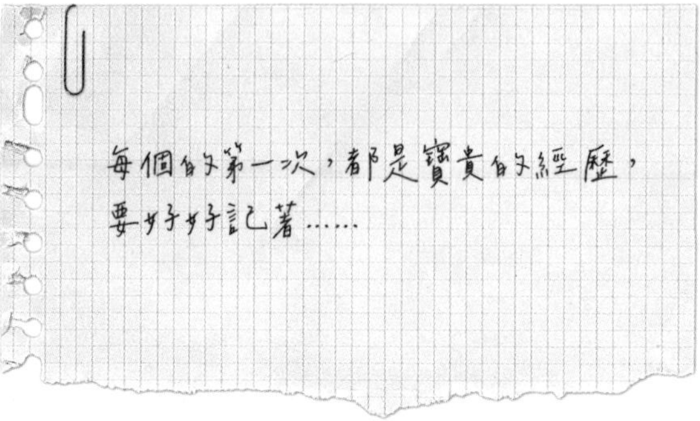

人生很多第一次

中學生活幾乎沒有甚麼色彩，別的同學課餘學跳彈床、打排球，我卻要趕接放學，以及預備家人的晚餐；別的同學參加愛丁堡獎勵計劃或者當童軍上山下海，我卻因為沒錢做制服而無緣參與；別的同學放暑假到處去玩，我卻要留在家中全天候照顧弟妹。

渴望自由到處遊歷的心，早已植根。住在城市，很多戶外活動也較少接觸，在香港更是未必輕易玩得到，於是多年來去外地不同地方旅遊，拚命嘗試各種的人生第一次。

第一次玩滑翔傘，坐在教練前面，一聲令下，向著懸崖邊奔走，呼一聲突然就一飛衝天，耳邊好像有澎湃交響曲奏起，這一秒感覺終身難忘。大片山巒綠地就在腳下，滑翔傘緩緩地時升時降，十分自由。

第一次坐熱氣球升空，看著氣球慢慢膨脹，坐在大籐籃裡面，飄浮在半空，感覺自己像白雲一樣，抵達目的地，在草地上喝杯香檳吃個小點，人生樂事。

第一次行冰川，腳踏在晶瑩剔透、天藍色的冰川上，像墮進神奇的世界，每一步都很不真實。

第一次玩衝浪，拿著大大的浮板，站在海中，看準浪快將湧到，撲上浮板，讓海浪連人帶板衝上岸，也有一點飛翔的感覺。

第一次玩立板（SUP，Stand up paddle），下水時，只敢坐在充氣浮板上，將槳插在水中緩緩划動，漸漸儲夠勇氣站起來，沒有想像中難，但想划動船隻就不容易平衡，尤其是第一次玩是跟丈夫二人同板，「噗嗵」一聲掉到水中，跌過一次，再站起來就沒有甚麼好怕。教練還帶著玩小遊戲，將幾隻浮板繫在一起，讓大家從每一塊浮板跑過去，不成功的跌進水裡，玩的人與看的人都笑作一團。

第一次玩潛水，在岸上教練先傳授如何用口呼吸、如何減壓紓緩耳朵受壓的痛、如何排走潛水鏡及呼吸器內的水。這種水肺潛水，教練稱之為「頹廢潛水」，因為潛到水裡全身都不用動。教練一對一的帶著學員，領到珊瑚礁看魚，享受海底下的寧靜，跟魚兒一起游泳。第一次下水，相當緊張，拚命咬實呼吸器，生怕會掉下來，結果第二天吃飯時，感覺牙鬮有點痛。

第一次近距離觀賞鯨鯊，用浮潛的方式，浮在海中央，看著猶如小巴那樣龐大的魚，張開大口，鯨吞小蝦，一束束的陽光直透海底，十分震撼。

這些戶外活動，需要勇氣去嘗試，尤其在不再年輕時首次接觸。但人生的很多第一次，未必純粹靠勇氣，而是必經階段，像第一次戀愛、第一次失戀、第一次被人出賣……每個的第一次，都是寶貴的經歷，要好好記著。

好些第一次，不是遺忘，而是塵封，某日突然像抹乾淨浴室內霧化的玻璃鏡，重新見到自己展現眼前，時光倒流，思緒往後飛，回味那些靜好歲月。

與死神擦身而過，難免徒添恐懼及放棄之心，但他卻懷著「活著就好」的心情，讓自己挺過這一關，繼續上路……

世界很大

最愛旅行，親身體驗當地的生活及風情，親眼去看壯麗的風景及建築。每到一個地方，很喜歡與當地人接觸，最開心是在旅途中遇見的人。曾經在花蓮住民宿，跟民宿主人相當投契，第二晚就帶我們去看螢火蟲，後來又專程來港看我們的舞台演出，成為多年來的好朋友。

由於可以選擇，我通常都會避開旺季的日子去旅行，除非有些目的地的風景一定要在特定日子前往，像京都賞紅葉，便不得不與人潮去擠。

世界很大，窮一生也探索不完。旅行確是一種讓人未出發先興奮的活動，由資料搜集開始，到籌劃行程，再加上網絡方便，甚麼也可以在網上預先訂好，未曾踏足目的地，好像已經置身當地，了解一點目的地的東南西北，已經在網上去了一次旅行，是出發前的另類快樂。

網上資料多不勝數，在搜集過程中，帶著你走到無邊無際，有時候也會借助旅遊書，比較有系統地作出介紹，可惜香港出版的旅遊書籍絕大部分都是以吃喝購物為主。

我不喜歡跟著介紹去找食店，是累人的過程，也往往貨不對辦，反倒是邊走邊發現，會有更大的驚喜，再者購物不是我主菜，這類旅遊書對我來說沒有甚麼價值。偏偏這類旅遊書卻是放在最當眼位置。

愛看旅者遊歷的書，日本的石田裕輔及內地的小鵬，是我看過寫旅遊經歷最好看的作者，他們很懂得捕捉某一個時刻，深度描繪當時的遭遇及經歷，特別是與人相聚一刻。

石田裕輔的《不去會死》，這本遊記能夠印上29版，不知算不算是一個紀錄？書好看的重點之處不是他經歷的地方，而是作者懂得捕捉動人的一刻，娓娓道來，那一瞬間猶如永恆。他的遊記不是流水帳般為讀者簡介遊覽的地方，也沒有實用的旅遊資料，更加沒有吸引的風景圖片，但透過文字，卻感受到單車遊的苦與樂，特別在不同地方與曾經碰面，甚或結伴走一段路的人重逢的奇妙感覺。

自己曾在幾年前到西藏旅行，相約朋友在拉薩會面，我跟丈夫包小車從西寧出發，經青藏公路越過可可西里及唐古拉山，朋友們則是從四川騎著單車勇闖西藏，那股毅力相當驚人，在高原相遇一刻歷歷在目。

石田裕輔那七年的單車旅程，唯一一次遇上搶劫，是在南美洲的沙漠，持槍匪徒搶走他所有財物後，將他五花大綁掉在沙漠中。他與死神擦身而過，難免徒添恐懼及放棄之心，但他卻懷著「活著就好」的心情，讓自己挺過這一關，繼續上路，再越過多座四千米海拔的高山，感到自己磨得活像一塊爛布後，竟有一股重生的感覺，讓他更有力氣走完餘下六年的旅程。

面對不知與不安的未來，往往就是靠著意志，調節好心情，讓自己好好活下去，享受人生每一個時刻。

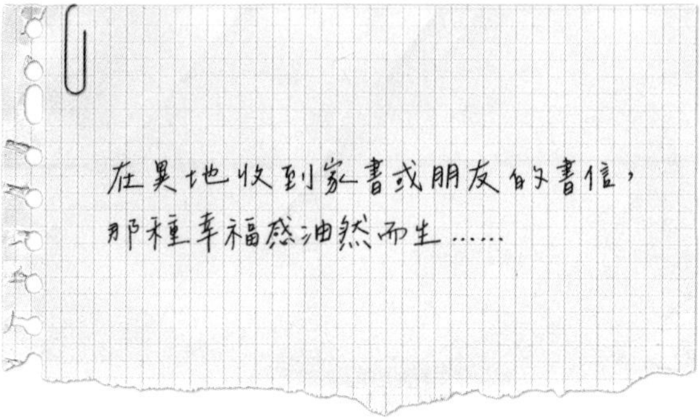
在異地收到家書或朋友的書信，
那種幸福感油然而生……

旅行支票的年代

八、九十年代作為大學畢業生，到歐洲流浪三個月做背包客，沒有信用卡，避免攜帶大量現金，靠的就是旅行支票，這是一種相對安全有保障的支付工具，萬一被人偷走或遺失，都可以報失補領。現在信用卡及電子貨幣通行，旅行支票早已成為歷史產物。

旅遊傳記《不去會死》的作者石田裕輔，在南美被人劫走所有旅行支票，怎料到銀行補領時，對方卻說他雖然報失了，但大部分支票都已被人兌現，無論怎樣理論，也討不回被劫走的支票，作為讀者都感到晴天霹靂，心如刀割。

當年到歐洲旅行，每到一個城市，第一件事就是去相關銀行兌換旅行支票，將支票換成當地貨幣。這一個地點，除了讓我到埗後餵飽銀包外，另一個很重要的期盼，就是收取信件，對，是收取私人信件。

那個年代沒有互聯網，既沒有電郵，也沒有智能電話，一切只能靠書信或傳真來往，寄信當然是最划算，但自己四處流浪根本沒有固定地址，而這個兌換銀行支票特定地點的可貴之處，就是也提供收信服務，你可以估計自己抵達某個城市的日子，然後通知遠方親友這個收件地址。

每次去到銀行，職員遞上寫著自己名字的信件，在異地收到家書或朋友的書信，那種幸福感油然而生。

長途旅人，偶爾會有思鄉病。那些年走在街上，望著樓房透出昏黃的燈光，特別想家，想知道遠方家人的消息，總要等上好一段日子。

等待，才讓人有那種思憶，幾十年後那種感覺仍然縈繞心頭。

風起雲湧

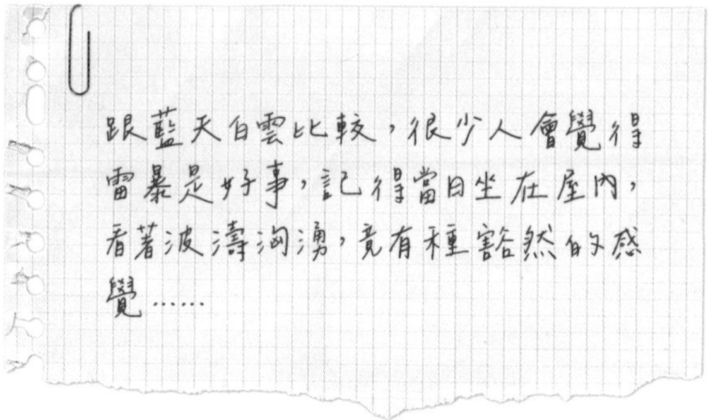
跟藍天白雲比較，很少人會覺得雷暴是好事，記得當日坐在屋內，看著波濤洶湧，竟有種豁然的感覺……

馬爾代夫——必定讓你聯想到陽光海灘、藍天白雲、水清沙幼。很多年前到當地旅遊，抵達首都馬累時已是黃昏，乘坐快艇在大海中飛馳前往度假小島，很有一種在黑暗中走私的感覺。第二天早上醒來，才真正體會那種驚艷，嘴巴像永遠不能合上，只管「哇哇」高呼漂亮。

單是海水跟浴缸的水一樣清澈見底，已叫人嘖嘖稱奇！海水怎可能如斯乾淨透亮？加上魚群在身邊游來游去，根本像置身動漫世界裡面，很不真實。

有一天預備乘坐水上飛機，在空中盤旋欣賞美景，觀看各個小島的形態，怎料當日天氣突變，風起雲湧，空中旅程被迫取消。這樣的天氣，惟有窩在水中屋內看書，很掃興嗎？自然有可惜的心情，但安坐屋內，竟然也有意外收穫。

坐在梳化中，手執書本，對著落地大玻璃，茫茫大海就在眼前，看著天色由明轉暗，海水跟天空慢慢變成灰色，烏雲壓頂，開始下起滂沱大雨，海浪捲起，不斷拍打遠處的防波堤，跟藍天白雲比較，很少人會覺得雷暴是好事，但記得當日坐在屋內，看著波濤洶湧，竟有種豁然的感覺！

天啊！大自然真的好美啊！

原本是坐在飛機上翱翔，變成困在小屋中，本應感到很失望、很失落，畢竟人生中未必再有機會到訪，但當時卻跟自己說，眼前的景象同樣是大自然景色的一部分，能夠巧合踫上，換個角度欣賞，也未嘗不是好事。

在陽光燦爛的日子，突然遇上風雲變色，只要調整心情應對，一樣可欣賞其美態。

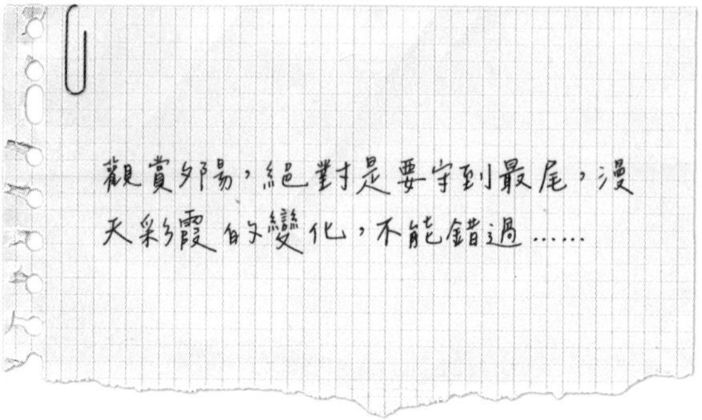
觀賞夕陽，絕對是要守到最尾，漫天彩霞的變化，不能錯過……

最精彩的永遠在後頭

站在山崗上，遠眺大海，太陽徐徐滑落，終於沒入海中；旁邊來觀賞日落的遊客，一個一個的離開，只剩我跟丈夫在崖邊守著，痴痴地看著滿天霞彩。

天色稍為轉暗，路邊突然有一輛電單車飄來，一位皮膚黑實的青年跳下車，舉機拍攝。我們心裡嘀咕，要來看日落也未免晚了一點吧？青年好像懂得讀心術，忽然跟我們說：「你知道墾丁最美的日落是甚麼嗎？」我們無語，他繼續說：「是晚霞！」

「墾丁的彩霞變化多端，比單單看著太陽下山美得多！」

這點我們非常認同，一邊看著天空雲兒形狀跟顏色的變化，一邊難以明白剛才在旁邊的遊人為甚麼不懂珍惜，以為太陽收工這場戲就完場，其實好戲正在後頭呢！

我們三人望著同一方向，我問他是否本地人。

「我就住在前方不遠處，其實在家的天台，就能看到這個景色！」我兩眼發出艷羨目光。

「我原本住在台北，兩年前來到墾丁，一眼見到那個房子，立馬租下來，然後打電話跟台北的老闆說，我不幹了！」年輕的任性啊！

他說房子兩層高，連天台，還有門前的花園，整個地方約三千平方呎！月租只是台幣一萬四千元，即約港幣三千多元，天呀！難怪零秒就能作出人生抉擇。

「在這裡當潛水教練，帶遊客去浮潛、潛水等水上活動，日子過得輕鬆寫意。還將家裡兩個房間租出去當民宿，一年下來的租金等於免費住宿了。」

年青人很會打算，而且還很懂得享受活在當下。

「之前跑到外國旅遊，爬過喜馬拉雅山，玩足兩年，把所有錢都花光，就回來再賺錢。反正都買不到房子，賺夠錢就去旅遊。」青年說。

「每天都在海裡玩，是否很快活？」我問。

「壓力很大呢！」他說。我心想，玩都有壓力？是怕生意不夠嗎？

「帶著客人到海裡去，要確保客人安全歸來是很重要的，我常常都發噩夢，夢見客人在海裡出意外，有時候碰到行家，問他們會否做這樣的夢，他們說從來沒有，那當然，因為他們每晚喝酒喝到天亮，第二朝早就帶客人出海，一點也不負責任，何來壓力發噩夢？」

聽到這裡，下次我找水上活動教練，要先注意他有沒有一身酒氣，畢竟生命交在他手裡啊。

天空已經由紅變紫，也快將天黑。觀賞夕陽，絕對是要守到最尾，漫天彩霞的變化，不能錯過，就如電影結尾，出現製作人員名單後的彩蛋，不必急於以為電影完結就離場。

「祝你們在墾丁玩得開心，記得要到龍磐公園，在大平原上望著腳下的懸崖，非常壯觀。」說罷轉身就跳上電單車揚長而去，我還來不及問他的名字。

人生就如夕陽的晚霞，永遠不知道會有甚麼顏色出現。

看著他的背影，想著他當天打電話把老闆甩掉的模樣，他的人生，一定是一頁比一頁精彩。

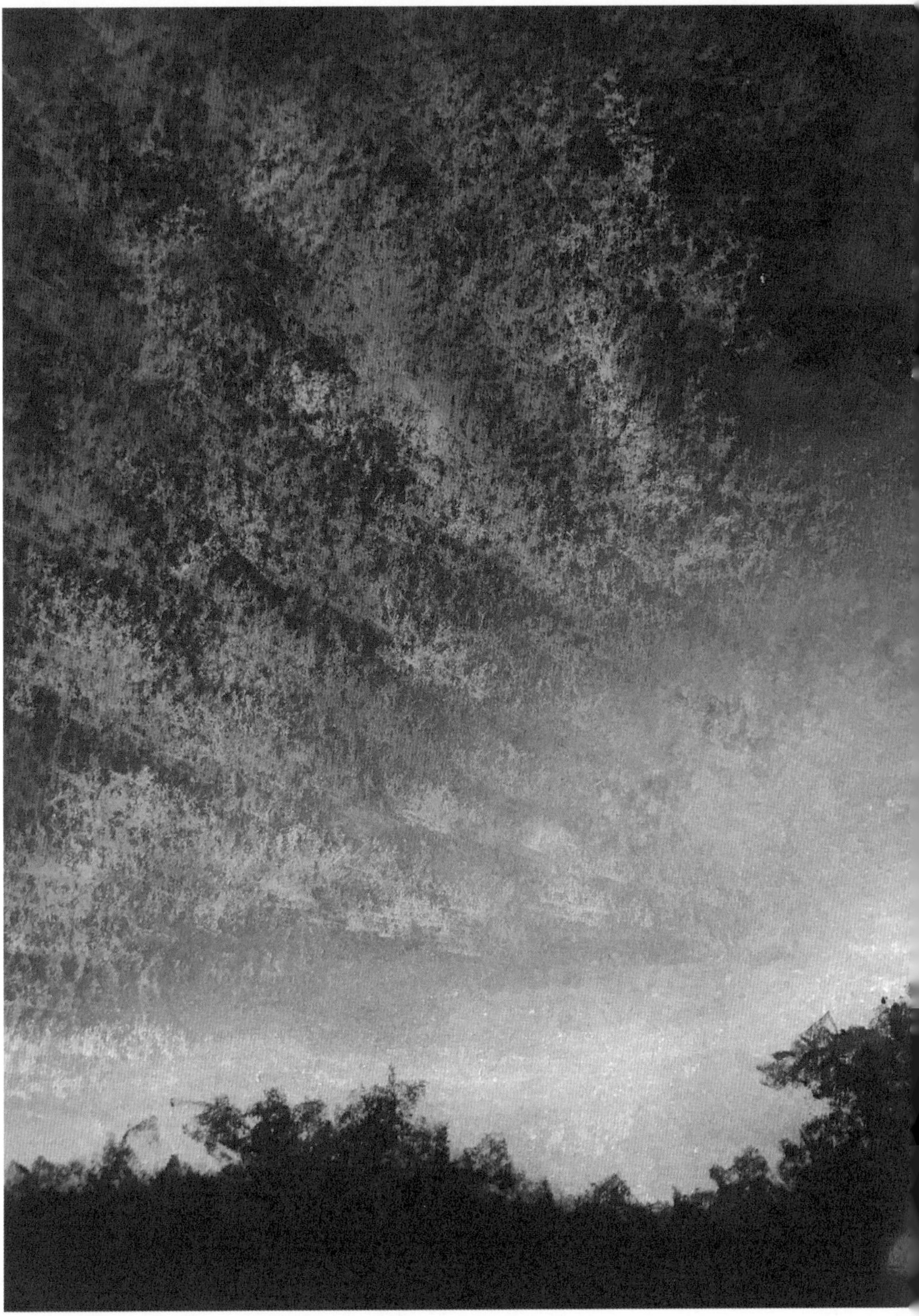

找個人和你跑馬拉松

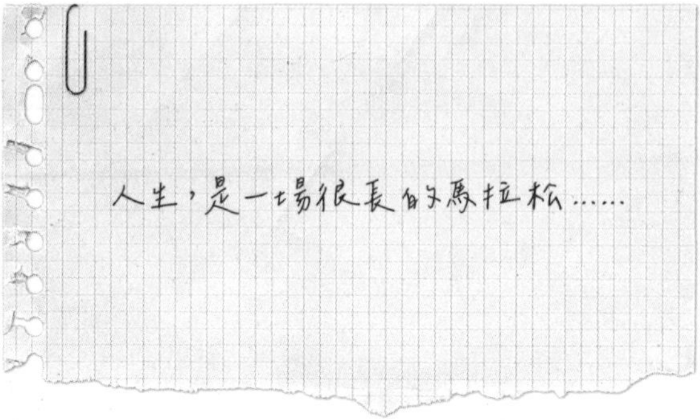

年少時，曾經跟朋友一起早上去跑步，結果每次跑半小時，便回家倒頭再睡，在跑的途中沒有享受，跑完過後也沒有滿足感。

很多年後，馬拉松流行起來，身邊開始有朋友跑十公里，這個距離，對我來說，已經很不可思議。

不去開始，沒法感受，只是當時未懂方法，讓自己在跑的過程中感到一直受苦，好像快要氣絕身亡。後來，跟丈夫去跑，他教曉我跑步時如何保持呼吸節奏，開始時讓自己在平穩的呼吸中，先跑兩公里，再跑五公里，終於有一天，完成十公里賽事，那種興奮感覺，仍然深刻難忘。

挑戰半馬賽事，是想也沒想過能辦得到的事。丈夫沒有嫌棄我如蝸牛般慢，他也特意放慢腳步，沿途在旁陪伴，不斷鼓勵，每當我想再慢，他就會叫我努力保持速度，有時為了不讓丈夫沒法跑，自己也要加一點速度，繼續堅持。結果，竟然能夠完成二十一公里。

能夠走到終點，完成賽事，固然開心，更值得高興的是，身邊一直有人與你結伴同行。

人生路上，如果對方只為你提供裝備，然後只是獨自一人用自己的速度走，二人就會愈行愈遠，很多女人擇偶條件，著重身家；然而，能夠一起同步跑完這場馬拉松，更加重要。

第一次完成半馬拉松賽事，感到那種興奮足以維持一輩子；後來再跑第二個、第三個……興奮度當然不及第一次完成，但每次都會為自己喝采。

跑步，其實可以很苦悶，靠著自己雙腿，也跑不快，沿途很辛苦；不過，途中不斷跟自己說：「你可以的，還有一公里。」最後走過終點一刻，還是會將所有痛苦拋諸腦後。

人生，是一場很長的馬拉松，要不斷跟自己說：加油！

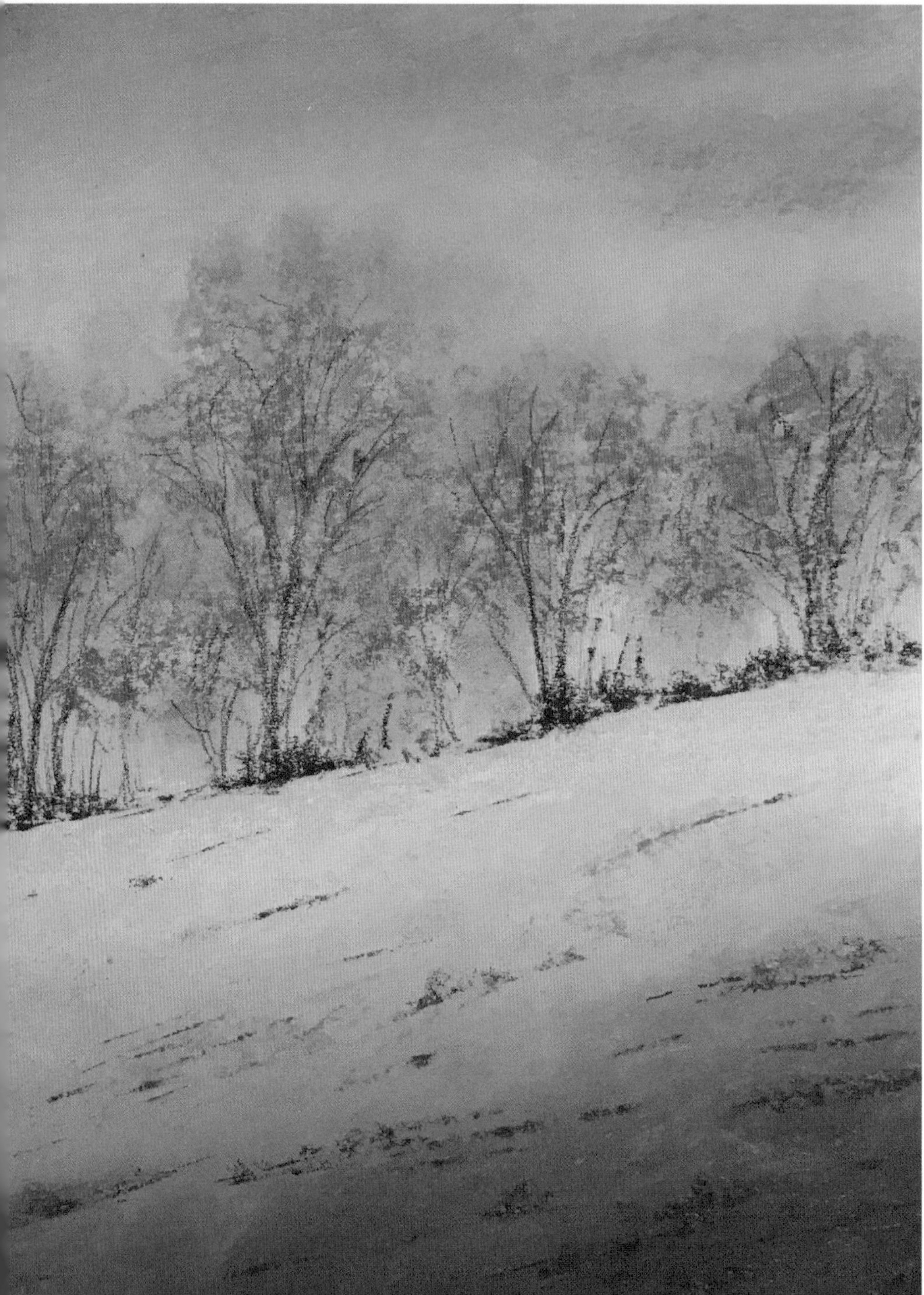

靠自己完成的滿足感

過程中跟自己對話，重新發現自己的極限，絕不能輕言放棄……

朋友發起一個四日單車團，從台灣的屏東枋寮火車站出發，沿著海岸線騎到台東火車站，全程二百公里，中間還要加一段八公里古道健行路段，平均每天騎車五十公里。從來沒試過連續幾天騎單車，更未試過一天要騎那麼長的路段，聽起來有點挑戰，但對要環台來說是小試牛刀，一於參加。

報名後，教練提問各人，要選普通公路單車，還是有電池輔助的，大家在群組內七嘴八舌地討論，很多人都是第一次參加單車團，也擔心自己是否能夠應付，由於沿途有支援車跟隨，我心裡想大不了就上車吧，沒理由第一次參加單車團就選用電力輔助，以後很難回頭，所以當然要選普通單車，自我挑戰。全團十四人，一半選擇電動輔助車。

教練每天都會在支援車外貼上當天的行程，我們像學生在壁布板查看考試結果一樣，我們最關心的不只是距離，而是那條顯示高度的路線圖，看著那個像心電圖一樣的紅線，肯定是心律不正常，忽高忽低，心裡就發毛，不斷叫自己「加油」。

爬坡時，看著騎行電動輔助車的朋友，一個一個如履平地爬頭，心裡暗叫，只有繼續咬緊牙關向上爬。在路途中，幾乎大部分時間都是自己一個人獨自騎行，前無古人，後無來者。在爬坡途中，孤獨地跟自己對話，跟自己打氣。

除了爬坡，騎單車最可怕是逆風及側風，強風從前面及海邊吹來，腳踏變得好重，每踏一步都很吃力，還要將身體微微傾側抵擋強風，有幾次連人帶車直接向左飄了幾個車位，幸好沒有翻車。走到起起伏伏的公路，身旁的汽車疾駛呼呼而過，征服這種路段，心理質素又升了一級。第一次終於完成四日小環台，實在很快樂，也是一種前所未有的獨特體驗。

有些路段要與電單車共用，但一般來說，司機都會懂得駛開一點，很少會有汽車在近距離呼呼而過，反而偶爾會有經過的司機，伸出舉起拇指的手，為你加油打氣。在馬路上，當然要打醒二百分精神，一眼關七，以策安全。

終於能夠靠自己雙腳完成旅程，那種滿足感猶如人生第一次完成十公里路跑賽事，第一次完成半馬拉松，辛苦過後換來是甜美的果實。每段爬坡都讓我懷疑人生，想到很想突破現狀，就會拚命叫自己堅持下去，抵達終點，猶如從地獄重返人間，過程中跟自己對話，重新發現自己的極限，絕不能輕言放棄。

同行選擇電動輔助車的團友，高度讚揚電輔車是偉大發明，讓他們可以輕輕鬆鬆享受旅程，雖然我深深明白爬坡時一定暢快得多，但下次再騎，我肯定還是會再選擇普通公路車，至少要用自己的力量，切切實實完成一次環島旅程，這樣對我來說才是最完美。

從此愛上騎單車，往後幾次，無論在花蓮小環島，或者是在韓國濟州環島，除了肯定不會用電輔車，更自己扛行李上路，不靠支援車環遊，更加自由自在有彈性。

騎單車，用這種不快也不慢的速度欣賞風景，剛剛好。每次騎上單車，我的幸福指數就會即時飆升。跨過每一個突破口，為自己歡呼。

VII. 老是快樂人
Jo 06.04.2022

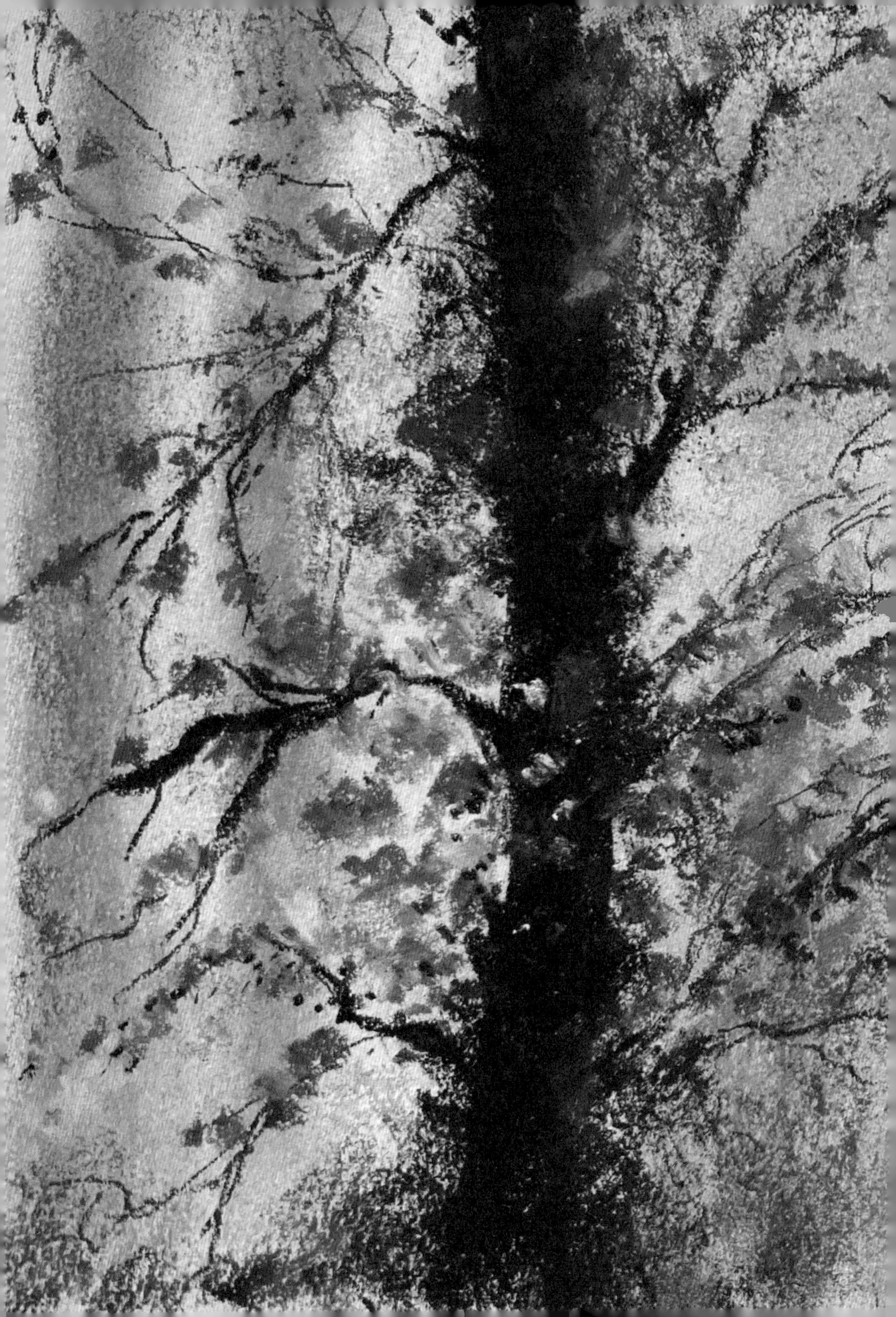

花甲背包客

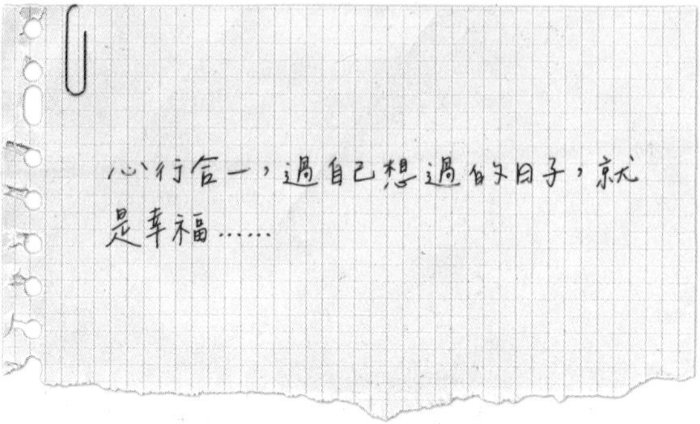

人生走了超過三分二，還有甚麼心願未達成，就要坐言起行，否則就會為時已晚，在花甲之年，讓自己瘋狂一次，未必人人能夠有勇氣去做。

多年前看過一本書《花甲背包客》，兩位年過六十歲的夫婦，揹上背包，自助遊歷歐洲、俄羅斯、美國、加拿大、墨西哥、古巴、秘魯、南極、澳洲及新西蘭等地，這個可能不算很稀奇，重點是這對北京夫婦，一位的英語水平是小二，大概能說：「Two people, one night, how much?」另一個則更誇張，只懂說：「Hello～」，二十六個英文字母也搞不懂。

這對夫婦，退休前經常在國內自助旅遊，曾經跟團到埃及但感覺很不爽，可惜不懂英語也不敢自己出國旅遊。退休後，認為自己對社會及家庭的責任已經完成，想「活回自己」，問問自己幸福在哪裡，認為能夠追逐內心自由，心行合一，過自己想過的日子，就是幸福，於是就鼓起勇氣，實現環遊世界的夢想。

二人年輕時，經常去健行，所以也練得好身手，也吃得苦，偶爾會睡火車站或露營。旅行途中，大部分時間靠身體語言，紙筆寫數字去溝通，幸運的話遇上懂外語的中國人，幫忙解決很多問題。憑藉這股大無畏精神，去到甚麼落後地方，同樣能夠找到住宿，去到想去的目的地，有些旅館甚至說是頭一次招待中國人。

有一回，二人更帶上七歲的孫兒，勇闖俄羅斯，不得不佩服。幾趟旅遊都歷時約半年，旅程中當然也試過生病，亦遇過受騙的情況，但用腳走遍每個角落，用勇氣去解決問題，精彩的經歷足以回味餘生。

另有一回，他們去到巴西邊境，那裡沒有警崗，沒有海關，也沒有國旗，只見到一條像街渡的小木船，船夫誠懇的眼神讓他們認為上船應該是安全的，二人就坐著那條船向河的對岸出發，抵達對岸已經是秘魯的國境，同樣見不到任何國旗，只見到一間吊腳樓，是撐在河上的小餐廳。

兩夫婦提著行李，努力找移民局的官員辦理入境手續。忽然，一個男人從遠處呼喊，搖著小船過來叫他們登船。船駛到不遠處的另一間吊腳樓，穿著水鞋的男人問夫婦二人取護照後，二話不說涉水而行走入吊腳樓，護照在陌生人手裡，丈夫惟有脫掉鞋子，跟著男人到二樓，房內設備簡陋，只有一張桌一張櫈，但有秘魯的國徽，穿水鞋的男人在夫婦二人的護照上蓋章，二人終於成功入境。

老夫婦都喜歡爬山，到秘魯後當然要探世界奇景馬丘比丘，可是老太太在登山前一天開始不舒服，但為了完成心願，還是按計劃登山，爬到最後一小段，太太還是沒辦法再往上爬，又不想丈夫白來一趟，於是鼓勵丈夫獨自登頂，自己就坐著休息。丈夫幾經掙扎，安頓好太太就自己往上爬，平常要一個多小時來回，老伯用了不足一小時就往返。

真的很佩服兩夫婦的勇氣及耐力，很有膽色的到處探索，回國後這些都成為他們餘生最寶貴的回憶。

享受人生無限期

誰說上了年紀就不能享受生活，不能穿得鮮豔奪目？老，不只是一個模樣……

三十年前第一次到歐洲，除了精巧建築及迷人美景令人目不暇給外，老奶奶們的衣著，個個花枝招展，七彩繽紛的碎花裙，搖曳風中，讓我留下深刻印象。

在香港長大的我們，總習慣看見婆婆穿的衣服，就是一式一樣的深沉花紋，一樣剪裁的上衣加上一條黑色或者藍色的闊身長褲，好像人上了年紀，就只能穿成這個模樣。如果在香港見到婆婆穿上艷麗的花花裙，大可能有人會說她神經病。

在龍應台的作品《天長地久》中，有一篇分享她八十二歲朋友的故事。這位名叫瑪麗亞的法國女人，退休的丈夫只愛窩在沙發看電視，哪裡也不肯去，兩人廿年來都鮮有半句說話，她則自得其樂地到處遊山玩水，獨自駕著帆船在湖中享受大自然，看歌劇、學外語，經常相約好姊妹，在露天咖啡室閒聊。

後來有一天，丈夫入院，瑪麗亞認識了隔鄰病人的妹妹，瑪麗亞最後決定離家出走，跟這位剛退休的「妹妹」過著自在的生活，結伴到森林露營、到山裡健行、逛公園、看展覽、聽作家朗誦，享受八十歲的人生，剛烈的法國女人！

書中龍應台說那些上了年紀的女性朋友，總是說老男人多半只愛在家喝啤酒看電視，活像一個米袋沉在沙發裡頭，悶得令人發抖。我覺得這個形容太形象化、太有趣！

跟一對年過六十的夫婦結伴同遊日本沖繩，男的很愛玩水上活動，女的卻不懂游泳，但為免掃興，在她丈夫鼓勵下，跟我們一起玩立槳，厲害的是居然第一次站起來沒有掉進水裡；跟我們一起坐船出海，跳到海中央浮潛觀鯨鯊；跟我們一起到海灘，最不可思議是，在我們鼓勵及指導下，居然學懂游泳，勉強能夠划到十米遠。

很多時候，人總愛用年紀為藉口，總愛掛在口邊：「年紀大，無用，咩都做唔到！」固步自封，結果浪費了更多寶貴時刻。

誰說上了年紀就不能享受生活，不能穿得鮮艷奪目？老，不只是一個模樣。

> 如何在老年活得有尊嚴，活得精彩，很大程度取決於自己的心態……

哪怕近黃昏

人年紀大，皮膚鬆弛，精神萎靡，新陳代謝變慢，視力開始模糊，體力大不如前，身體各方面的機能都日漸下降，心理質素難免也會變差，不努力調節及接受，只會感到自己是一棵凋謝的植物，一件被掉棄的家具，顧影自憐。

年青時候青春活力無限，前面像仍然有很多日子很多時間，從未想過自己會突然消失人世，無聊打機是為了消磨時間，然而到了老來卻想抓著流逝的光陰，永遠錯過時機，怎不總是唏噓後悔？

「夜，可知我累，無力，忍眼淚」，這幾句歌詞，年輕時聽葉德嫻唱，覺得動聽；現在聽馮寶寶唱，感到心碎。不是自己已步入風燭殘年，而是身邊有老人家，也接觸到更多的死亡及傷痛，對這首歌更別有一番滋味。二〇二一年的電影《殺出個黃昏》以殺手為噱頭，實質是探討生命，以輕鬆手法帶出寂寞的哀歌。

記得謝賢十分著重形象，經常都是帶著墨鏡示人，估不到他願意以真面目在鏡頭前，演盡老年的滄桑，面上一道一道的皺紋，更顯得他依然型格；馮寶寶闊別銀幕多年，據訪問，她是為了四哥而出山，對曾經紅極一時又經常飾演美人的女星來說，承受的壓力也特別大。

奇怪地一般人都不肯讓美女名星老去，但這類題材一定要有閱歷的演員去演。雖則沒有俊男美女，不減其可觀性，濃濃的人情味及友誼，讓人感到生命的可貴。

如何在老年活得有尊嚴，活得精彩，很大程度取決於自己的心態，就如單車運動員李慧詩說：「要學懂好好愛自己。」

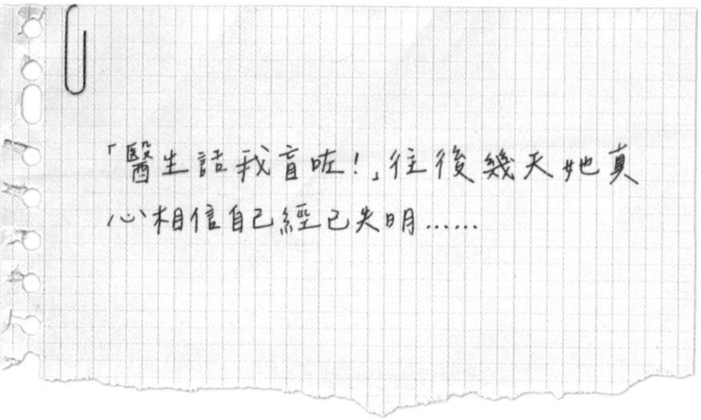
「醫生話我盲咗！」往後幾天她真
心相信自己經已失明……

白內障、煮飯與打麻將

老媽有天突然跟我說：「阿女，隻眼好矇，睇嘢好唔清楚。」

我想好大機會是白內障，老爸有做白內障手術經驗，所以不以為然。

怎料帶她到醫生檢查後，說老媽是嚴重白內障，右眼視力只剩一成，加上眼底也有問題，一定要盡快做手術。

媽媽聽到醫生說：「其實你右眼同盲咗無分別。」

走出診所，媽媽不斷自言自語：「醫生話我盲咗！」

往後幾天她真心相信自己經已失明。終於等到做手術，很擔心媽媽連驗眼也不能定眼望著前方，手術時她能控制自己眼球一動也不動嗎？

手術前，醫生再講解一次手術流程，然後問媽媽有甚麼問題，媽媽說：「我今晚煮唔煮到飯？」（可見煮飯給家人是何等重要！）

幸好手術順利完成，翌日拆除紗布，等候醫生進一步檢查期間，媽媽問我：「而家我睇嘢係咪清楚咗？」

我心裡嘀咕，這個問題很深奧，如何回答呢？跟著她自己戴起眼鏡試讀雜誌。

甫見醫生，老媽第一個問題：「醫生，我戴返副眼鏡睇嘢唔清楚！」我當時眼睛翻到上天花板，醫生好有耐性解釋眼睛換上全新晶片後，需要時間適應，而且不會再有老花及近視，戴上原有的眼鏡當然看不清楚。

醫生再耐心講解復原期間要注意的事項，然後問老媽還有沒有問題；老媽問：「我今日可唔可以打麻將？」

結論是，煮飯跟打麻將，對老媽來說真的好重要，也是她生活舉足輕重的環節。

其實最想藉此提醒大家，老人家眼矇不要掉以輕心，要定期檢查，否則愈拖愈嚴重可大可小。

帶父母去旅行

> 這種連繫由上天注定，雙方都沒有選擇權，這種終生都解不開的情義，讓雙方在相處上都有獨特的溫度……

小時候，父母會帶我們去旅行，不像如今的小孩，幾歲可以坐飛機到外地，我們的旅行是在香港本地遊，兵頭花園（現今的香港動植物公園）、海心公園、烏溪沙海邊掘蜆等等，一樣玩得不亦樂乎。

長大了，自己去旅行，只會想起與朋友同行，從來不會考慮帶上父母，直至自己都有一定年紀，學懂要珍惜與父母相處的時光。

旅途中，再次與父母住在同一屋簷下，很有時光倒流之感，重回小時候的日子。後來父母年紀更大，再度出行，考慮又變得不同，行程的設計完全從他們出發，是他們想看甚麼，不是自己想去哪裡，一天不能去太多地方，沿途不能走太多路，住宿也不能爬樓梯。帶父母去旅行，要有非凡的耐性，但會慶幸有跟父母同遊的特別時光。

父母對著自己的嬰孩，就算是威武大漢，都會變得可愛，說話都變成疊字：「食糖糖」、「去街街」、「痾 Poo Poo」，甚麼脾氣也沒有，連孩子的屎屎也是香。

為人父母，將最寶貴的青春奉獻給子女，孩子長大了，只覺眼前的父母嘮叨，一個問題都嫌多，抱怨父母手腳遲緩，對新科技一竅不通，完全沒有耐性解釋，卻不知道當年自己兒時，一天到晚在問為甚麼，爸爸媽媽都耐心地逐一解答。

長大的孩子有自己的思想，青春期更是反叛難控；再過幾年開始成熟，兩代關係又重修舊好；到父母老年，當年被體罰打得落花流水的孩子，卻是挽著老人家的手進出醫院。

父母與子女的關係是天下最奇妙又最複雜的關係，這種連繫由上天注定，雙方都沒有選擇權，這種終生都解不開的情義，讓雙方在相處上都有獨特的溫度。

趁父母健在，趁他們仍能走動，陪他們一同探索外面的世界吧。

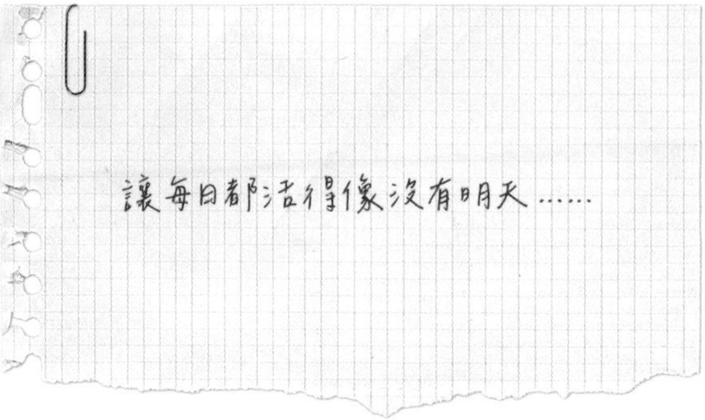

人生本無常

我等年紀，收到朋友的父母，甚或是朋友離開人世的噩耗，已經像季節更替般驟然來襲，雖學習面對，但仍不免在一時三刻難於接受。

死亡讓人以另一種方式存在於世間上，化作一縷思念，寄存於人們的心間。在追思會上，大家懷念的，是往生者一切的好。逝者已矣，一切成敗對錯，無復深究，回憶總是美好，回顧那張一生的成績表，誰來評分已經不再重要，任憑如何叱咤風雲，最終也是塵歸塵、土歸土，甚麼名利、甚麼風雨，也都只是絲絲輕煙，不留痕跡。

讀過一本書，作者曾經到修道院參加退修，那段日子，沒有電視、沒有網絡，完全禁止交談，每個人都暫時遠離俗世，享受寧靜，跟自己內心對話。

食堂內，餐具是放在一個黑色的小棺材中，各人開始用餐時，先將「棺木」打開，取出擺放整齊的食具，當中的寓意是讓參加者感受到，每個人基本上已經死亡，往後發生的所有事情，都是一種恩賜。

這位作者表示在那次退修中，最大得著是學會珍惜光陰，不再將時間浪費在無謂的情緒波動上，也不會將寶貴光陰，浪費在不值得的人身上。

生命本無常，幾時出生、幾時死亡，全部都不在自己掌控之中，無人知道上天何時會召喚自己，唯一能控制的是自己的想法，讓每日都活得像沒有明天，明天醒來又會感到自己多賺了一日，自然就會聰明地利用時間，不再渾渾噩噩，也不再為無謂的人及事動氣。

人只有面對死亡，才會迫使你真正面對自己，好好苦思到底甚麼才是最重要。

有人一生追求名利，最後甚麼金錢、地位都盡擁時，天天享盡榮華卻覺得無趣，反倒懷著赤子之心，幸福快樂就在身邊。

人生最高境界，莫過於能夠我行我素，超脫所有順境或逆境，看破一切……

也無風雨也無晴

二〇二〇是混沌的一年，全世界都在看不清楚明天的狀態下度過。回首這一年，心情也別有滋味。六個舞台製作，除了一個能夠幸運地在隙縫中成功在劇院演出，其餘的不是延期、取消，就是改為拍攝放在網上播放。

幾乎每個月都在翻來覆去更改計劃，起初有著非常強烈的信念抵著難關，途中有點疲累，每每以為已經到盡頭，卻又原來還有一個一個山谷要跨過。

在失意低落的時候，不斷提醒自己不要被打垮，正能量殆盡時，先將難題擱在一旁，做一些自己喜愛或者放鬆的事情，重要是不要將自己困在泥漿中打轉，就算集中精力工作也是忘記不快事情的好方法。

閱讀慰藉心靈的書本，由智者提醒生活的智慧，頓時將自己從低谷拉上來，茅塞頓開，擴闊思想及眼界，明白很多時候，煩惱皆因目光如豆。失意時，我會選擇看有關宇宙的影片，提醒自己在浩瀚星系，渺小如塵。

人生必然有高低起伏，外在因素導致心靈的困擾，都是個人難以控制；假如是人為因素，更加難以改變別人思想及看法，只要做好自己，甚麼也能處之泰然，畢竟每個人都有不同的價值觀，所處位置也不同，無法要求每個人都懂得站在別人立場看事情。

環境突變嘛？就改變心態，接受一切，然後相信有更好的在前頭，相信這是最好的安排，無論有任何難關都是一種經驗，塞翁失馬，焉知非福，處之泰然，過得安心。

人生，反正就是充滿變數，只要相信「永恆不變」的就是「改變」，還有甚麼好怕？

宋代詩人蘇軾，被貶後寫的《定風波》最後幾句：

「回首向來蕭瑟處，歸去，也無風雨也無晴。」

人生最高境界，莫過於能夠我行我素，超脫所有順境或逆境，看破一切，任何打擊都不能影響自己。

悠然走我路，既無風雨也無天晴。尤其到了人生下半場的朋友，對生命的價值更加截然不同，懂得對一切不會狂喜、也不會狂憂，隨緣得多，不想勉強別人，更加不會難為自己，心隨境轉，境也會隨心轉，好好善待自己，旁人的冷眼，旁人的不解，就讓它隨風飄去。

老得有智慧

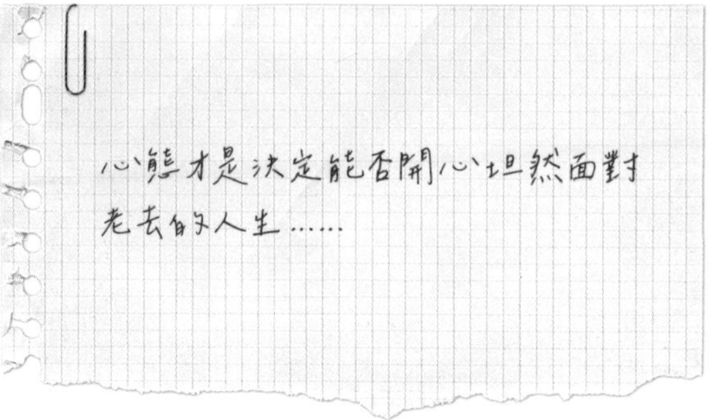

年紀一日比一日大，這是鐵一般的永恆事實，哪管你有億萬家財也逃離不到這個定律。如何老得優雅快樂？錢，未必是最重要。心態才是決定能否開心坦然面對老去的人生。

聖嚴法師的著作《老得有智慧》，提供五個大方向的觀念，很值得參考。

一、要把握當下每分秒，抱著日日都是好日子的心態，別一天到晚「想當年」，回憶雖好，但只沉浸在過往歲月，會讓人覺得現在很不堪回味，因此好好過每一天，讓每一天都充實有意義。

二、坦然接受老去及死亡，這個一點也不容易，面對死亡，誰會不恐懼，但當明白人人必須一死，衰老的外表也是自然現象，別一天到晚想著如何反地心吸力，既徒然也浪費時間。

三、關心社會，跟上時代脈搏，所謂「活到老、學到老」，對身邊的事每每抱著新鮮好奇，就會覺得人生好玩。

四、維持良好人際關係，時時刻刻都感謝及享受每一次的相聚，無論是與家人或者朋友，別一切都要作主，不聽別人意見。

五、尋求宗教信仰，讓心靈得到平靜及慰藉，自然容易坦然接受老去及死亡。

書中也提到，老去也不要仰賴子女，盡量獨立生活，與朋友共聚，始終子女各有各家庭，成長後是獨立個體，也擔心不了那麼多。

我認為還要加上兩點。

首先是要保持運動習慣，畢竟身體好才能有尊嚴地生活，每天抽時間做運動保持健康是十分重要。上天很公平，任你是貧是富，一日都是只有二十四小時，如何好好把握，讓自己活出精彩人生，得靠自己規劃。很多人在健康的時候，用時間換取金錢；到身體轉差時，就用金錢換取健康。人總在失去健康時，才猛然珍惜生命，後悔當初沒有好好照顧身體。

另外就是趁早培養興趣，能夠有一動一靜是最佳搭檔，有精神寄託，生活才不致無聊。

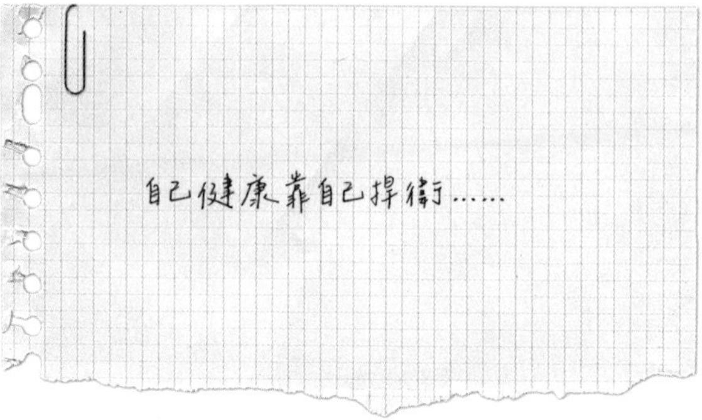

快樂的15個習慣

一位九十一歲的日本醫生，每日仍然精神奕奕地從事診療工作，不斷被別人問到底有甚麼既健康又長壽的秘訣。結果他寫了一本書《快樂的15個習慣》，分享他的生活心得。

日野原重明醫生強調「自己健康靠自己捍衛」，可是他說沒有特別實行甚麼養生法，也沒有服用任何特別的藥物，他總結自己的十五個習慣——

1、心中永保有「愛」的習慣，與其恨人，不如專注關心別人；

2、抱持「一切都會變得更好」的正面想法；

3、挑戰新事物，保持學習的熱情；

4、鍛煉自己的專注力；

5、向心目中的典範學習；

6、感受他人的心情，習慣體諒別人就會減少不快的心情；

7、珍惜有緣相逢的所有人、事及物；

8、吃飯不超過八分飽，減輕對身體的負擔；

9、對於飲食不要過於神經質，否則會失去對食的樂趣；

10、能走路就走路；

11、與更多的同好享受運動時光；

12、發現更多的樂趣；

13、不要讓憂慮事情累積，不為明天的事憂慮；

14、內省之餘也接受自己不完美；

15、不要盲目，非理性地一成不變。

以上的習慣，不少也是老生常談，其實健康快樂好簡單，問題在於你是否願意實行。

活得精彩

日本漫畫家柳瀨嵩已經九十多歲，仍堅持要每天好好打扮，不能因為老了就放棄自己的儀表，認為打扮是信心及活力的泉源，這個我同意。

他晚年經常進出醫院，說只能面對每個人都會衰老的現實。

他堅持每天早上六時起床，先做柔軟體操，然後集中腹腔力量唱三首歌，刺激橫隔膜；接著做訓練膝關節的運動，做上四十五分鐘；踏健身單車後，再做四十次伏地挺身。

他說持之以恆的運動，九十高齡，膽固醇、血壓及血糖指數全部正常。他深信，身體不用的話，就會很快衰老，醫生跟他說，體力衰弱是可以靠運動挽回的。

當然除了運動，飲食也很重要。他分享每朝早餐都會喝蔬菜湯，材料包括白蘿蔔、胡蘿蔔、白菜、四季豆、香菇、南瓜、芹菜及牛蒡等等，將蔬菜放入柴魚昆布高湯中煮，說長期喝這個湯後，連面上的老人斑都變淡。他的秘書小姐跟著喝，皮膚也變得透白。

雖然我未試過，但單看一湯能讓你吃下那麼多種顏色的蔬菜，想起都健康。

Jo 8.2023

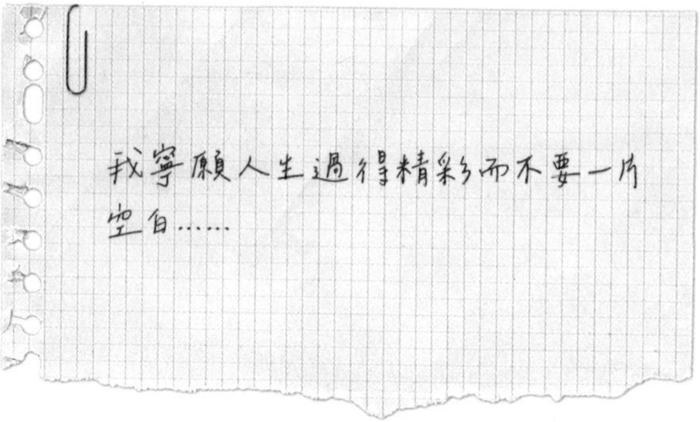

生命無常還等甚麼？

不知你有沒有試過，買了很多水果放在家中，吃的步伐追不上生果要爛掉的速度，每天很自然地挑將快爛的水果先吃，結果每天吃的水果都不是在最美好的狀態，好端端最完美的水果就硬生生放著慢慢變得過熟，永遠都吃不到最好的水果。

朋友送你高級的茶葉，放著捨不得喝，因為櫃裡還有很多先前買下的茶葉，所以每次泡茶都先選放了較長時間的茶葉，等著等著，結果有一天執拾時發現，上乘的茶葉已經過了期，走了香味。

有朋友說，雪櫃放了一大堆蔬菜，怕很快爛掉，於是只挑最幼嫩的部分，將其他比較老的全部摘走，炒出來的青菜是最新鮮爽口，不然全部放進鑊中去炒，浪費食油也浪費爐火，更浪費自己能吃進肚的食物限額，不過這個做法其實也在浪費食物。

我們做人也會在不知不覺間犯毛病，說甚麼很想去哪裡旅遊，好，等退休再去，最後等到退休，體力根本應付不來，只好坐在家中看旅遊節目當走了一趟。

很喜歡某種興趣，卻因為工作太忙，想去學習都抽不出時間，計劃退休之後才去實現吧。年輕時候很想做某些職業，卻因為賺不到大錢而放棄，轉而做一些穩定收入但自己卻不喜歡的工作，漸漸對工作愈來愈麻木，每天返工等放工，放工等放假。假如能夠及時在壯年時候轉換跑道，算是很幸運，但要付出一定的勇氣及冒險精神。

我寧願人生過得精彩而不要一片空白，抱著等一下的心態，只會永遠落空。

生命無常，說甚麼等到退休才做，誰向你保證生命一定能夠等到退休？

VIII. 舞台悟人生

做人永遠唔好講「無可能」

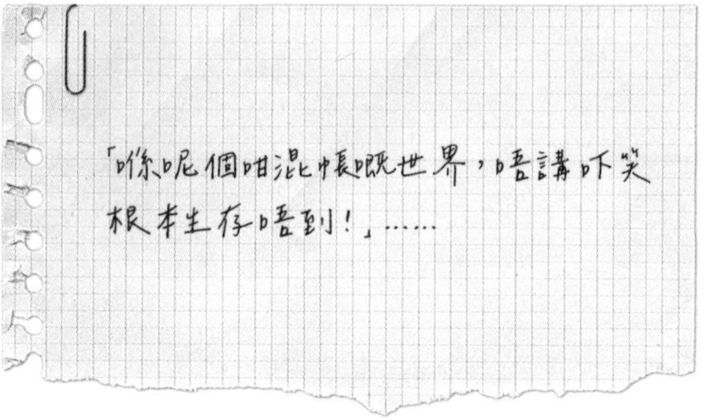

一向很喜歡真人真故事，揀選電影觀賞，如標明是改編自真人真事，吸引力提升十倍，即使故事中有些情節觀眾或可能會認為太誇張、太浪漫、太不現實，甚至是不可能，不過由於是改編自真實故事，雖則編劇某個程度上會加上虛構情節，讓其更有戲劇性，但仍有其事實依歸，有其說服力。過去的舞台劇製作，也喜歡以真人真事為依歸，更愛藉此傳達正能量。

內地一位七十多歲兒子，用改裝的三輪車，帶著九十多歲的媽媽，在中國由最北跑到南端遊歷三年，以此真人故事為藍本改編成劇目《和媽媽中國漫遊》。這個戲在排練期間，丈夫既是演員也是導演，他力排眾人反對，堅決要用泥沙營造狂風暴雨的場景；結果，這幕相當震撼。這部作品，成為我們最長壽的劇目，在世界各地巡演幾十場。

每次演出，都讓觀眾哭紅了眼睛，最感動是有次重演時，一位觀眾帶同媽媽來觀賞，並說看完第一次就真的帶了媽媽去旅行。

「喺呢個咁混帳嘅世界，唔講吓笑根本生存唔到！」這是《瑪麗皇后》內的一句對白，也反映瑪麗這個角色，在地獄生活的生存態度。

瑪麗，原名西岡雪子。日本政府在第二次世界大戰敗仗，美軍進駐橫濱，日本政府擔心當地婦女的安全，於是成立慰安所「小町園」接待美軍，而西岡雪子就是當時其中一名慰安婦。雪子在橫濱成為傳奇人物，她在慰安所關閉後，一直當妓女至七十多歲，並且將面龐塗成白色，執意打扮高貴，卻只能安身在公寓大堂的一張椅子。晚年遇上比她年輕十歲的同性戀者元次郎，兩個同樣被社會不認同的人走在一起，成為互相扶持的知己。

我們將西岡雪子的故事改編成舞台劇，在二〇一八年首演。跟舞團「鉄士兄弟」合作，營造大量翻騰場面，排練過程特別辛苦，也特別好玩。後來計劃在舞台重演，卻因為疫情而變成在排練室內拍攝影片，再沒機會重現舞台。

拍攝用了五整天，飾演瑪麗這個角色，從年青演到老死，拍攝影片的化妝及假髮造型比起舞台演出要仔細許多，套上年老瑪麗的假髮，由於太緊，戴上後猶如被一個大鐵圈緊箍頭頂，痛不欲生，拍了一場，返回化妝間等候轉景，眼淚不由自主流出來，頭痛得不停在閃，那一刻真正體驗甚麼叫「痛到喊」。結果不顧要重新化妝，也要將膠水洗掉脫下頭套。髮型師努力研究如何在不破壞頭套下修剪橡筋，加上服用止痛藥，終於可以捱過其中三天拍攝工作。

同樣改編自真人真事，亦是原作者的自傳式故事《天虹戰隊》，關於印尼小說作家兒時在貧困家鄉，其小學老師及校長如何堅持讓小朋友受教育；另外，一位非洲少年憑藉著在圖書館自學的知識，研究風車抽水並產生電力，有水就能灌溉，藉此解決饑荒，小說《馭風男孩》紀錄這個真實故事，我們改編成共融舞台劇《逆風而行》。

在這個傳奇故事的劇本中，有一句對白：「做人，永遠唔好講無可能！」——也是個人處事的座右銘。

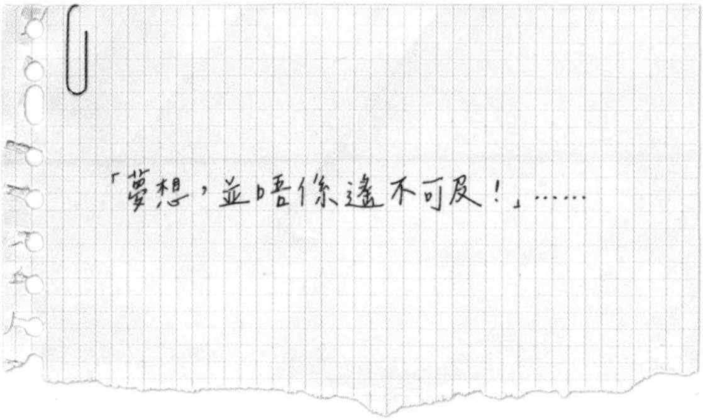

遙不可及的夢想

在香港談夢想，好像有點不切實際，香港人每天為口奔馳，一生努力將人工投放在迷你豪華單位的供款，要有一個較為像樣的安樂窩，只有不斷賺更多錢，要賺更多錢，就要燃燒更多的歲月，結果賺到一個海景單位，每天卻早出晚歸，連窗外的風光也無力欣賞。

一直都認為心靈食糧遠比物質可帶來更大滿足感，因此喜歡看書，從書本的世界打開自己的心扉，接觸外面的世界，有時候不知不覺生命會被改變。

幾年前偶然機會下讀到一本印尼暢銷小說 *The Rainbow Troops*（中文譯名《天虹戰隊小學》），內容是關於一間只得幾個學生的破落村校，師生們如何抵禦被殺校的命運。一個相當感人及勵志的故事，小說更被改編成印尼電影。故事的主人翁為自己的夢想堅持，深深感動了我，結果我也夢想成真，將小說改編成舞台音樂劇《螢火蟲》。

為了改編這個故事，先要從不同渠道找到作者的經理人，聯繫後獲同意授權改編。當時上網得知，作者 Andrea Hirata 在故事發生的島嶼，興建了一個文學館，還不時會返回家鄉辦活動。膽粗粗問可否相約會面，經理人說將會有一個頒獎學金的儀式，我便自告奮勇說要飛到當地。

特地飛到印尼勿里洞島，小說故事是Andrea在勿里洞島的真實經歷，在故事發生的場地與作者碰面，猶如發夢一樣，畢竟我們同樣深愛這本小說。

當天飛抵首都雅加達，班機延遲抵達，要轉的士到另一機場搭內陸航班往勿里洞島，時間非常緊逼，很有機會趕不上，跳上的士，司機開天殺價好幾倍價錢，不由分說要他立刻飛車前往，因為每天只有一班飛機到勿里洞島。

在勿里洞島逗留了幾天，跟作者談了半小時，到訪了電影取景的地方，也就是故事發生的地方。「勿里洞島」這個名字，原本是那樣陌生，卻發現是水清沙幼的度假好地方，加上村民仍然過著簡樸的生活，在島上住上幾天，十分忘憂。

音樂劇首演時，作者還親身從印尼到香港觀賞，對我們是最大的鼓勵，並說授權以後可以用任何形式呈現這個故事，不用再談甚麼版權。

這個劇本對我們來說，意義很深，後來稍為修改內容，改名為《天虹戰隊》，由「糊塗戲班」屬下的「無障礙劇團」演出。

劇中我很喜歡的一句對白就是：「夢想，並唔係遙不可及！」劇本中各個人物的情感複雜多變，學員們要花更大的努力才能應付，加上全台總共有超過五十位演員，導演在台位調度及指導演員時，花盡心神，但排練中充滿愛及歡笑。

最後這個劇目，連續三年由不同的學員主演，將「夢想」化成現實。

嗌贏又如何？

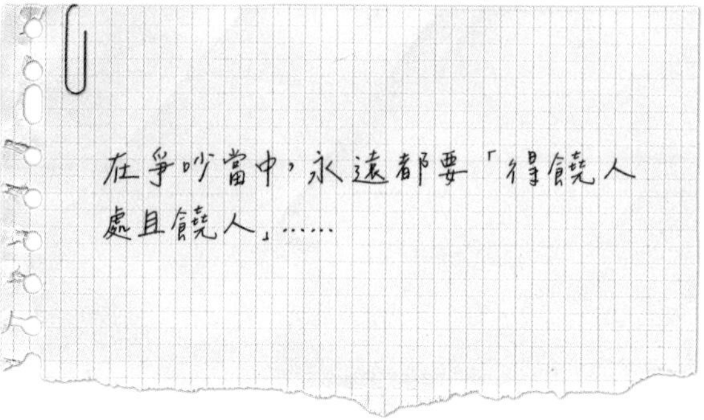

劇團其中一個純形體舞台作品《二人纏》，是探討夫妻關係。

當中一幕展現兩夫妻遇上巨變，在困難中兩人漸行漸遠，戲中都沒有對白，只有肢體動作及音樂，透過互發短訊交代劇情，短訊的內容則是從不同廣東歌，抽取其中一、兩句歌詞播放出來，串連後猶如兩人之間的對話，由互相懷疑到一人踏前一步，男的願意逗回女方，女方也願意放下身段，最後兩人重修舊好。

每一場演出完結都會有座談會，跟現場觀眾分享創作過程，以及讓觀眾交流感受。記得每一場都有觀眾表示，對於以上那幕特別深刻，每每都會觸動他們的情緒，回想自己與愛侶的爭拗點滴。

其中一場有一位女觀眾問道，由於在台位設計上，飾演丈夫的演員全場坐在高牆上的角落，飾演妻子的演員則坐在地下，最後妻子主動走上樓梯，去到丈夫身邊，很有一種男尊女卑的感覺。

在台位處理上，其實導演是希望將兩個演員的距離拉到最遠，沒想甚麼男尊女卑；而戲中的丈夫已經先釋出善意，作為妻子為甚麼還要堅持不回應呢？

那刻我心裡在想，在現實生活中，兩夫妻常有意見不合，假如其中一方每每都要堅持自己，絕不讓步，最後就算在爭吵中勝出又如何。

兩夫妻嗌交，肯定雙方都注定要輸，因為兩人都絕對不會開心。

夫妻相處，不應有尊卑之分。

在爭吵當中，永遠都要「得饒人處且饒人」，否則無止境地窮追猛打，其中一方舉起勝利旗幟，卻將對方打得落花流水，對方受屈不開心，自己又有甚麼值得高興呢？

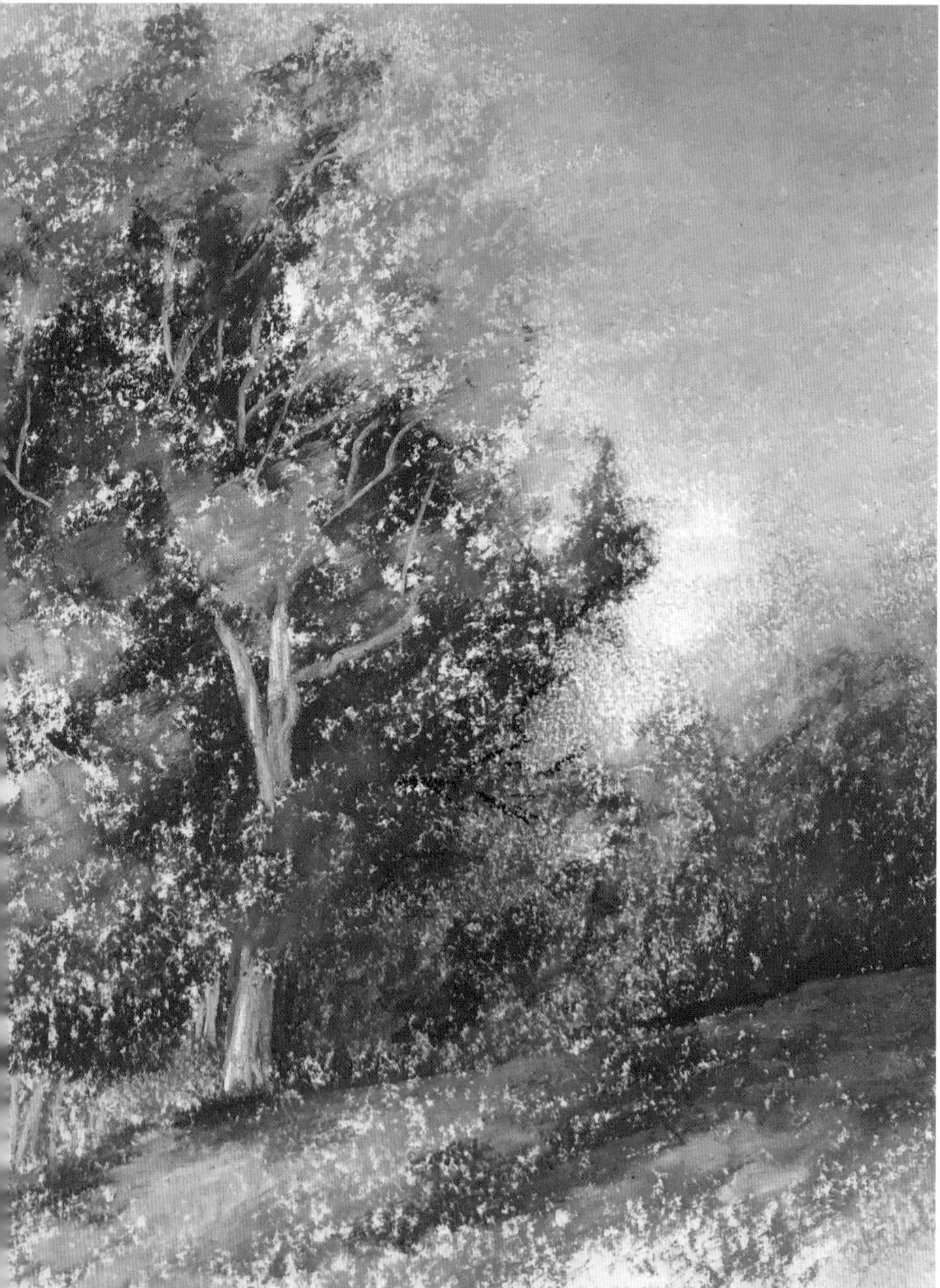

挑戰極限

「藝術可以死亡、畫作可以消失，重要的是它已留下種子在這片土地上。」……

未知是否上天總愛給我考驗，很多事情的進行都不是順順利利，總要過五關斬六將才能成事。劇團每年都會有一個大型的共融舞台劇，集合不同障別及健全人士，先接受戲劇培訓，然後一同在舞台上，在專業團隊的支援下演出。每次這個年度舞台劇，都在驚濤駭浪中度過。

有一年在首演當晚，旋轉舞台發生故障，要被迫落幕宣布中場休息，工作人員連忙搶救，幸好能及時修好繼續表演；可是其中一位主要演員卻在舞台上跌倒，他忍著痛楚堅持演到謝幕；以為只是扭傷，立即送院竟發現是骨折。

團隊連忙商討解決方法，雖然那位演員很希望繼續演出餘下場次，我們想過不同方法如何實現他的願望，可是想盡方法也不太可行，結果身為導演的丈夫，決定披甲上陣。那夜，通宵在家中替他惡補手語歌、背台詞，場面可說是十分悲壯。

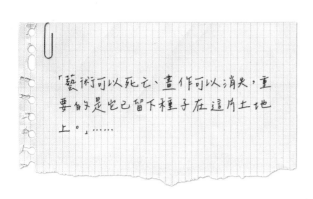

另一年因為疫情的關係，劇院關閉，加上演員數目有一百人，連排練都曾經因為第三波疫情爆發而中止，在距離原定演出日期只有一個月時間，取消是大條道理，也是一了百了的抉擇，但我們偏偏又不想放棄。

在決定改以拍攝方式展現後，我們又不甘於只做一個舞台版本的演出紀錄，因此連劇本及過場調度都要作出調整，改成一種既是舞台又像電影的處理，整件事比起純粹在舞台演出，複雜一百倍。

如何在疫情下，避免同一時間在小小的拍攝空間有太多人聚集，整個人流編排及控制，甚至分流膳食安排等，都是一門藝術。其中兩場戲原本有幾十人同場跳舞的場面，也要跟拍攝導演及編舞重新商議，如何在分開拍攝下，透過最後剪輯的成品，看來像是有幾十人同場演出，事前要花很多準備工夫。

平時的舞台演出，最後一場落幕會興奮莫名，今次轉為拍攝，即使完成了所有拍攝，卻尚有兩個月的後期製作，包括剪接、配樂、調色及字幕等等，才可在網上播放，不能如以往一樣可以直接感受觀眾的反應。

「無障礙劇團」的演出，動輒幾十到一百人，由幾歲至七十多歲，又混合不同障別人士，要磨合也不容易。難得是大家做到互相包容，不將缺陷視作一回事，年輕人會照顧小朋友及長者，長者也樂意與年輕人分享人生經驗。

最後學員各自分享心底感受，有人說身教對他們有很大啟發；有人說發掘了自己的另一面；有人說自己的心扉敞開了；有人說不再害怕站在一班人面前說話……儘管這些得著對旁人來說微不足道，但卻是他們人生的一大步；儘管每次表演還有很多進步空間，但由訓練到排練，看見他們的成長，收穫得的是金錢也換不到的快樂。

西班牙藝術家米羅（Joan Miro）曾說：「比藝術本身更重要的是它所留下的痕跡，是它所引起的迴響……藝術可以死亡、畫作可以消失，重要的是它已留下種子在這片土地上。」

生命中的意想不到

抱著「未試過點知得唔得」精神，將「不可能」變成意想不到的「可能」……

劇團另一個戲寶，三谷幸喜編劇的《笑の大学》，戲內的劇作家椿一，被審查官向坂沒完沒了的修改劇本，審查官最後提出更無理的要求，並說劇作家根本無可能做得到，椿一如洪水般怒吼：「未試過點知得唔得？」

人算不如天算，人生中充滿一場又一場的未知之數，正正是無法預知、無從估計，才是其好玩及精彩之處。

小時候我的志願，記者及演員從來不是在雷達範圍，卻像冥冥中有主宰般，將我帶到這兩條道路，就算後來決心全力投入營運劇團，也從沒想過會創立「無障礙劇團」，集合肢障、視障、聽障、精神病康復者及健全人士，共同演戲，更加沒想過，會率領他們到一個我未必一定要去的國家——瑞典，感覺是如斯不可思議。

跟丈夫以及幾位同事，率團共二十九人，前往瑞典斯德哥爾摩展開一星期的藝術交流活動，最初是在香港獲得邀請而前往，應該不用費心，後來卻被人放鴿子，變成要肩負籌募旅費及規劃行程等責任，過程驚濤駭浪，一步一驚心，直至行程幾乎完結時，心裡才安穩下來。

在極短時間做資料搜集，多得互聯網，感恩有一班好同事的努力，讓我們可以不經任何人介紹，也能訂到同時容納二十九人的旅舍、有升降台方便輪椅朋友上落的旅遊巴，亦順利聯絡上當地的劇團交流。

在計劃行程時，才發現斯德哥爾摩有那麼多博物館及美術館，也有很多與戲劇有關的博物館，包括專為表演藝術而設的 Swedish Museum of Performing Arts，展出與戲劇、舞蹈、音樂及偶戲有關的展品。

當地甚至有全歐洲保存原貌最好的劇院 The Drottningholm Palace Theatre，劇院建於一七六六年，當年有最先進利用人手操作的機關，可以在五秒內將全台布景轉變。現在這所劇院每年夏天還會有歌劇上演，仍是用上當年的機關，將時光凝住在十八世紀，十分詩意。

帶領團員們走訪不同劇場、博物館、遊覽古城皇宮，一起大開眼界，一行人中有不同障礙，要互相照顧，幫忙推輪椅，引領視障朋友，移動速度比平時多預一倍時間，確是很不同的遊歷經驗。

出發前，一直憂心忡忡，始終要率領那麼多障別的團友，人數又眾多，到一個連自己都未去過的地方，一切都要靠我們邊走邊應變。雖然自己習慣自遊行，編排行程及找路絕對不是問題，只是這次責任特別重大，也要兼顧大家的安全，更要確保沒有團員走失，實在不容易。團隊抱著「未試過點知得唔得」精神，將「不可能」變成意想不到的「可能」。

幸好最後整個旅程相當順利，更跟當地享負盛名、同樣為不同障別人士而設的劇團 Glada Hudik Theatre 交流取經，絕對達到此行的目的，讓我感到十分神奇。幸得貴人出手相助捐款，一切從無都有，短短幾個星期時間，經歷人生過山車。

雞手鴨腳，日夜趕工，後來在網上求救，更多不認識的網友，連人帶車前來幫忙，十分感動……

自製布口罩

劇團租用的排練室，租金很貴，但七年來我們在這裡做了很多舞台劇創作，疫情期間也做了一件特別有意義的事，儘管亦聽見了一些反對的聲音。

最初辦「無障礙劇團」時，曾有人批評我們「好心做壞事」，說為甚麼要迫殘疾人士突破自己；在疫情期間與朋友自製布口罩，也收到網友說我們「好心做壞事」，因為我們的布口罩沒有經過實驗室測試，重用外科口罩會增加風險云云。

當然最好是天天用一個新的外科口罩，但在那個非常時期，排隊幾個小時也未必買得到，大家為撲口罩都身心疲累。自製防水布口罩，中間預留位置，將一個外科口罩或濾網放在裡面，每天抽走裡面的外科口罩，再清洗布口罩，希望藉此可延長外科口罩的壽命，是解決燃眉之急的權宜之計。

朋友有渠道訂購口罩，我們能夠訂得一批分配給家人、朋友及學員，算是非常幸運，但看見通宵排隊撲口罩的人龍，看見老人家將口罩重用到霉霉爛爛，很不忍心，朋友一句：「何不自己製作布口罩？」

一呼百應，大家連忙上網下載紙樣，到布行買物料，起初只是幾個朋友搬來手提車衣機，連同我們排練室的兩部車衣機，雞手鴨腳，日夜趕工，後來在網上求救，更多不認識的網友，連人帶車前來幫忙，十分感動。

這天，打開門口，迎來是一位高大的男孩子，說約好來取一個布口罩，查看聯絡名單留下的名字，我還以為是個女孩子，談話間他說是為患病的媽媽前來，指媽媽經常要到醫院診療，我解釋我們製作的布口罩未必適合到醫院使用，他隨即兩眼開始紅起來，低聲說，市面的外科口罩太貴，實在無法負擔。

我立時轉身入內，除了拿兩個布口罩給他及媽媽，再遞上一盒外科口罩，他連忙閃身向後退，揮動兩手，表示不能接受額外的一盒口罩，我硬推到他手中，他凝望那盒口罩，用手抹眼淚，在我自己的淚水也要湧出想哭的同時，連忙喝止他說：「千萬不要用手碰眼睛呀！」

我的心沉到海底裡去。到底為甚麼香港會變成這樣？為甚麼口罩的價格會變成比吃飯更加貴？為甚麼一個大男孩，為了一個口罩，要紅了眼，要掉眼淚？我實在無語。

一班朋友，連做七天，每天十小時，最後只製造了五百多個布口罩。這次行動引起本地及外國傳媒關注採訪。這批熱血朋友，出錢出力，籌募捐款，也努力搜購防疫物資，分發到機構及基層。疫情讓不少基層市民手停口停，更要苦於撲防疫物資，我們七天的勞力，不算甚麼。

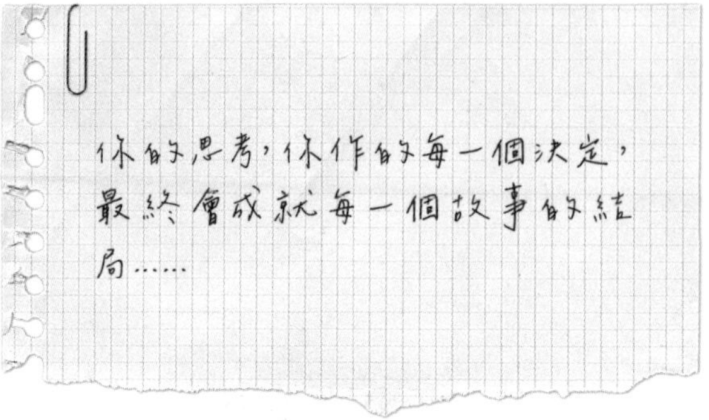
你的思考，你作的每一個決定，
最終會成就每一個故事的結
局……

跋

人生就像在拍電影

電影片場內，有著不同的角色，不單止演員中有主角、有配角，還有導演、編劇，也有攝影、武術指導、燈光、收音、服裝、道具、場記、茶水等等人員，每個崗位都有其職責，在同一時間，大家都在做不同的事情，才能成就一齣戲。

在片場內，你屬於甚麼崗位，一早已經安排好，絕不會今天是演員，明天是收音，後天是場記，除非那是一班人湊合玩玩。可是在人生道路上，我們卻是在不斷轉換角色，沒有永遠的主角，也沒有永遠的「茄喱啡」（即特約演員、跑龍套、臨記）。

在家中，你是一家之主，你就像導演一樣，指揮一切，掌握所有決定權；在公司，你是燈光師，做的工作是負責照亮別人，自己在幕後默默付出；在學校，你就是收音師，負責吸收老師所講的一切……

在人生不同階段，也會轉換身分，年輕時像武術指導一樣，身手靈活跳脫如兔；壯年稍有成就時猶如電影主角，世界像圍著你轉；老年時就像茶水一名，每天在家等候兒女回家喝湯。

自己屬於那個戲種，是喜劇、是正劇、是悲劇，看似無法控制也沒法選擇，但事實在整個過程，你的思考，你作的每一個決定，最終會成就每一個故事的結局。

人的一生，角色位置不斷交替，不會永遠站在高峰，也不會一直在低谷徘徊；改變，是永恆的。站在高峰時不驕傲，不恃勢凌人，不看風駛𢃇；在失意時不絕望，不怨天尤人，才能安然度過每個階段。

每個人都有七情六欲，日子有起有伏，情緒自然有高低起跌，我偶爾也會懷疑人生。回首，原來自己很多時都是自視過高，不夠謙卑，要學習放下自己；年少氣盛衝動時，得罪過很多人；也慶幸沿途有不少好朋友及貴人相助及扶持。很多事情，知易行難，每個階段都要學習，尤其仍在努力學習如何「活在當下」。

生命總會完結，只要每個階段都誠實對待自己，跟隨內心聲音走好每一步，不依仗別人的評價，讓自己無怨無悔。

共勉之。

糊糊塗塗過人生——

沿路遇上的笨小孩、背包客，還有智慧老人……

作者——魏綺珊
繪圖——魏綺珊
排版——@freeflow.imagination
編輯——阿丁 Ding
協力——Mari Chiu

出版——格子盒作室 gezi workstation
郵寄地址：香港中環皇后大道 70 號卡佛大廈 1104 室
網上書店：gezistore.company.site
臉書：www.facebook.com/gezibooks
IG：www.instagram.com/gezi_workstation
電郵：gezi.workstation@gmail.com

發行——一代匯集
聯絡地址：九龍旺角塘尾道 64 號龍駒企業大廈 10B&D 室
電話：2783-8102
傳真：2396-0050

承印——美雅印刷製本有限公司
出版日期——二〇二四年七月（初版）
國際書號——ISBN 978-988-75726-1-9